OHSAMA BUNKO

眠れないほどおもしろい
万葉集

板野博行

三笠書房

喜怒哀楽のすべてを歌にした――

『万葉集』の世界へ、ようこそ！

はじめに 「歌の形」に名を借りた〝セキララな心の叫び〟！

『万葉集』は、今からおよそ千二百年以上前にでき上がった、日本で最古の歌集です。その頃、歌うことは「人生そのもの」でした。恋して歌い、離別して歌い、死を悼《いた》んで歌い、旅して歌い、大君《おおきみ》を讃《たた》えて歌い……人生のすべての喜怒哀楽を歌にして詠《よ》んだのです。

まだ日本に「平仮名」がなかった時代。それでも日本人は自分たちの言葉で、五七五の「歌」を詠んでいました。そして、それを「万葉仮名」で書き留め、みんなでその感動を共有していたのです。

最終的な編纂《へんさん》者と言われている大伴家持《おおとものやかもち》は、天皇や貴族たちの歌だけでなく、遠く東国や九州に生きる人々の歌まで収集し、『万葉集』を作り上げました。

平安時代に成立した『古今《こきん》和歌集』が、平安王朝文化の結晶であるのに対して、**『万葉集』は上代《じょうだい》（奈良時代頃）に生きた多くの日本人たちの「心の叫び」を集めたも**

のと言えます。詠まれた内容もさることながら、歌の背景にあるのは、ただの男女の恋愛話だけではなく、王位をめぐるどろどろとした思惑であったり、遠く防人《さきもり》として国境警備に就く人の悲哀であったりと、さまざまです。

四千五百首以上もの収録数を誇る『万葉集』なので、本書ではその中から歌を厳選して解説するしかなかったのですが、本当は全部読んでもらいたいくらい、すべての歌に魂がこもっています。

本書では、私が編纂者・大伴家持になりきって、和歌とその背景にあるエピソードなどを解説してみました。また、巻を追う形で解説していくのではなく、章ごとにテーマを設けて歌を選び、立体的に『万葉集』をとらえる試みをしています。

歌に込められた万葉人たちの想い、人物像、詠まれた場面や時代背景などを紹介しつつ、古代史の勉強にもなるよう、わかりやすく解説することを心がけました。

それらを通じて『万葉集』の魅力を少しでもお伝えできるならば、著者としてこの上ない喜びです。

板野博行

もくじ

2章 王位をめぐる闘い、敗者の死!
……「陰謀」と「策略」のはざまで哀しく光る歌心

3章　望郷の想い、愛する者たちへの想い

……大伴旅人、山上憶良が集った「筑紫歌壇」とは？

4章 歌聖と和歌仙――万葉に輝く二人の天才

……柿本人麻呂と山部赤人の、どこがすごいのか？

5章 「人の世のすべて」を歌う、味わう！

……旅情、情愛、無常――時空を超えて伝わってくる「魂の刻印」

本文イラストレーション　中口美保

これだけは知っておきたい基礎知識

「成立年代」と「編纂者」

『万葉集』の成立年代は、奈良時代末の八世紀終わり頃だと推測されている。編纂者は古来から、橘諸兄《たちばなのもろえ》、大伴家持《おおとものやかもち》などの説があるが、最終的に大伴家持がまとめたという説が最有力。

ただ、全二十巻四千五百余首にも及ぶ分量と幅広い時代、首尾一貫していない内容から考えると、大伴家持一人が編纂したと考えるのは無理がある。何人かの手によって徐々に成立していったものを、最終的に家持がまとめたと考えるのが妥当だろう。

編纂者・大伴家持とはどんな人物か？

七一七？～七八五年。大和《やまと》政権以来の名門・大伴氏の子孫で、大伴旅人《たびと》の子。少年の時に父と筑紫《つくし》にある大宰府《だざいふ》（今の福岡県）で生活し、帰京してからは中央である程度まで出世したものの、地方官の時代も長かった。

また、大伴家の家名を挽回《ばんかい》しようと（いろいろと画策）したため、政争に巻き込まれることが多く、官人としては晩年近くまで不遇だった。享年は六十八歳前後。

作品は『万葉集』中最も多く収録されていて、長歌《ちょうか》・短歌など合わせると四百七十首以上にも上る。これは『万葉集』全体の十分の一を上回る分量だ。

『万葉集』に載っている歌の種類は？

『万葉集』は歌の内容から、相聞歌《そうもんか》・挽歌《ばんか》・雑歌《ぞうか》の三大部立《ぶだて》となっている。

相聞歌……「相聞」とは元来、相手の様子を尋ねる、消息を通じ合う、という意だったが、転じて男女の相思恋愛の感情を詠み合う歌を表わすようになった。

挽歌……「挽歌」は、人を葬《ほうむ》る時に棺《ひつぎ》を乗せた車を挽《ひ》く（引く）者が歌うものだったが、人の死を悲しみ悼む歌も挽歌とされた。

◆雑歌……「雑歌」は「くさぐさの歌」の意で、「相聞歌」「挽歌」に含まれない残りすべての歌が収められている。

歌が詠まれた時代は？

『万葉集』に集められた歌は、歌が作られた時期により、おおよそ次の四つの時期に分けられるというのが通説だ。ただ、一期と二期の切れ目が「壬申《じんしん》の乱」、二期と三期の切れ目が「平城京遷都《せんと》」という政治史的な事象を基にしているのに対して、三期と四期の切れ目を、山上憶良《やまのうえのおくら》が没したと推定される七三三（天平《てんぴょう》五）年にしているのは、ちょっと無理がある気がする。

◆第一期……五世紀前半（仁徳《にんとく》天皇の時代）～六七二年（壬申の乱）
代表的な歌人　額田王《ぬかたのおおきみ》・舒明《じょめい》天皇・天智《てんじ》天皇・有間皇子《ありまのみこ》・鏡王女《かがみのおおきみ》・中臣鎌足《なかとみのかまたり》など。

第二期……六七二年〜七一〇年（平城京遷都）
代表的な歌人　柿本人麻呂《かきのもとのひとまろ》・高市黒人《たけちのくろひと》・天武《てんむ》天皇・持統《じとう》天皇・大津皇子《おおつのみこ》・大伯皇女《おおくのひめみこ》・志貴皇子《しきのみこ》など。

第三期……七一〇年〜七三三年（聖武《しょうむ》天皇の時代。山上憶良の推定没年）
代表的な歌人　山部赤人《やまべのあかひと》・大伴旅人・山上憶良・高橋虫麻呂《たかはしのむしまろ》など。

第四期……七三三年〜七五九年（淳仁《じゅんにん》天皇の時代）
代表的な歌人　大伴家持・笠女郎《かさのいらつめ》・大伴 坂上 郎女《おおとものさかのうえのいらつめ》・狭野弟上娘子《さののおとがみおとめ》・湯原 王《ゆはらのおおきみ》など。

万葉仮名

和歌が中心の『万葉集』。実は原文はすべて漢字だけで書かれている。

『万葉集』で使われている漢字を**「万葉仮名」**と呼び、その数は全部で約千個近く。

まだ平仮名のなかった上代には、「万葉仮名」を使って大和言葉を書き表わしていた。

この「万葉仮名」が、のちに「平仮名」や「カタカナ」に発展していく。

「万葉仮名」の例としては、例えば、こんな感じだ。

「安《あ》」「以《い》」……まだ読める？

「相《さが》」「鴨《かも》」……このくらいなら大丈夫かな？

「慍《いかり》」「炊《かしき》」……現代人には難易度高め。

「五十《い》」「可愛《え》」……なぜなぜ？

「二二《し》」「十六《しし》」「八十一《くく》」「三五月《もちづき》」……もはや言葉遊び!?

歌の型式

◆短歌

『万葉集』中、最も多い歌の形式で、「五七五七七」の五句からなる歌。平安時代以後は、「和歌」と言えばこの「短歌」を指すのが一般的になった。

◆長歌

「五七、五七、五七、……五七七」と「五七」を三回以上繰り返し、最後に七音を加えた形式。『日本書紀』や『古事記』、そして『万葉集』には多く集められているが、平安時代に入ってからは廃《すた》れていった。

『万葉集』における「長歌」は、公の場で詠まれたものが多く、また長歌の後に短歌型式の「反歌」を伴っていることが多い。

「歌聖《うたのひじり》」と呼ばれた柿本人麻呂は長歌を最も得意としていて、収録数も多く、また長歌といっても二十数句までのものが普通なのにもかかわらず、高市皇子《たけちのみこ》の死に際して詠んだ長歌は、全部で百四十九句にも及ぶ長大なものだ（126ページ参照）。

◇旋頭歌

「旋頭歌《せどうか》」は、五七七を二回繰り返した五七七、五七七の形で、上三句と下三句とで別人が問答（呼びかけ・唱和）し合う形式を取るものだ。「旋頭歌」という名の由来は、「頭の句に旋《めぐ》る」、すなわち第四句で初めの句に戻って同じ韻律《いんりつ》形式を繰り返す（五七七→五七七）、というところから名づけられたようだ（245ページ参照）。

和歌用語解説

和歌を詠む際に使われる言葉のテクニックを「修辞法」という。『万葉集』の歌にもさまざまな修辞法が使われているので、紹介しながら説明しよう。

①枕詞

枕詞《まくらことば》は、特定の語句の直前に置かれて、修飾、あるいは句調を整える語句のこと。基本的に五音で構成されている。枕詞と修飾される語の組み合わせは決まっていて、その点で次に紹介する序詞《じょことば》とは区別される。

うらさぶる　心さまねし　ひさかたの　天《あま》のしぐれの　流れあふ見れば（１・八二）

長田王《ながたのおおきみ》のこの歌では、「ひさかたの」という枕詞によって次に続く「天」が導かれている。枕詞自体には意味はなく、訳す必要がない。そこで、**この本では、訳出の箇所において枕詞の部分を（ひさかたの）のように、（　　）でくくっている。**

②序詞

序詞は、ある語句を導き出すために、その前に置く修飾部分のこと。枕詞は五音なのに対して、序詞には音数の決まりがなく自由に創作できる。

千鳥《ちどり》鳴く　佐保の川瀬《かはせ》の　さざれ波　止《や》む時もなし　我《あ》が恋ふらくは（4 - 五二六）

この大伴坂上郎女の歌の場合は、「千鳥鳴く　佐保の川瀬の　さざれ波」が「止む時もなし」を導き出している。

序詞は、枕詞と異なり意味を持ち、例えばここでは、序詞の「千鳥鳴く　佐保の川瀬の　さざれ波」が、「止むことなく立っているように」という意味上の連想から比喩的に「止む時もなし」へとつながっていくので、なんらかの形で解釈に生かされることが多い。

古代の歌謡では、「枕詞」や「序詞」のような形式的な導入から歌の内容に入ることがとても大切とされていたので、『万葉集』の歌には、これらが非常にたくさん使われている。

ちなみに、平安時代に成立した『古今和歌集』において最盛期を迎え、多用された掛詞《かけことば》（一つの語に二つ以上の意味を重ねて用いる修辞法）や縁語《えんご》（ある語を中心に、その語と関係のある語を使って表現を豊かにするテクニック）は、『万葉集』では、ほとんど使われていない。

③題詞

歌の初めに、その歌が詠まれた背景・趣旨・事情などを記した言葉のこと。誰が、どのようなシチュエーションで詠んだかがわかり、歌を味わう手助けになる。

『万葉集』のように漢文で書かれたものは「題詞《だいし》」、和文で書かれたものは「詞書《ことばがき》」という。

ガイドは大伴家持が行ないます！

ここからは、『万葉集』の撰者（の一人）である大伴家持自らが、歌人たちのエピソードや時代背景などを紹介して、歌の解釈をしていく。

文中に「ボク」とあったら、それは『万葉集』の編纂者である大伴家持のことなので よろしくね！

※歌の最後についている数字は、収録されている巻数と歌番号を示しています。
例：（一-八二）＝巻第一の八二番の歌

1章

瑞々しい情感、生命のきらめき!

……「人間ドラマ」の陰で生まれた名歌の数々

「ますらをぶり」が魅力の日本最古の歌集

『万葉集』はわが国最古の和歌集で、今から千二百年以上前の八世紀終わり頃に成立したものだ。収録されている歌の数は、なんと四千五百首以上！

エッヘン、ボクこと大伴家持《おおとものやかもち》さまが一人で編纂したんだぞ！　と言いたいところだけど、橘諸兄《たちばなのもろえ》を始めとした何人かの手によって綿々と編纂されてきたものを最終的にボクが二十巻にまとめ上げたというのが、今のところ最有力の説だ。

今のような書物の形と違って、当時は**巻物**（巻子《かんす》）に書き記していったわけだけど、短いものでも八メートル、長いものでは二十メートルなんて巻物もあったと伝えられている。

巻物の最後のほうに書かれた和歌を見るためには、読んだ分を巻き込みつつ、先へ先へと繰《く》って繰って繰り広げていかなければならないから、読むだけでも結構大変なんだけど、編纂する側にとっては便利な点もあった。それは、書き損じたり、途中に歌を差しはさんだりするのに便利、という点だ。

なにせ、収録した四千五百もの歌は、第16代仁徳《にんとく》天皇の時代から第47代淳仁《じゅんにん》天皇の時代まで数百年にも及び、地域的にも陸奥《むつ》から筑紫《つくし》まで幅広く収集したものなので、編纂するのはちょっとやそっとの苦労ではなかった。

だから、失敗した箇所は「失礼!」と言って切り捨ててしまい、新しく書き加えたいものは割り込ませたりして、切り貼りしながら編纂したもんだ。

全二十巻のうち、編纂者の特権としてボクの歌を十分の一ほど入れておいたのと、ボクの歌日記の巻もあったりするのはご愛敬。その代わり、身分を問わず良いと思う歌はぜーんぶ収録しておいた点は、評価してほしいところだ。歌には身分差別なんてありえないからね。

「詠み人知らず」の歌が四割

日本全国津々浦々、心に響く良い歌を集めていたら、いわゆる「詠み人知らず」の歌は全体の四割以上を占めるに至ったのだけど、もちろん天皇を中心とする皇族・貴族の人たちの歌も数多く収めているし、「歌聖《うたのひじり》」と呼ばれた柿本人麻呂《かきのもとのひとまろ》や、「和歌仙《わかのひじり》」と称された山部赤人《やまべのあかひと》、そして東歌《あずまうた》や防人の歌などの庶民の歌も幅広く収めている。

菅原道真《すがわらのみちざね》が撰んだと言われている『新撰万葉集』の序文では、

心緒素《こころしろぎぬ》を織りて、少しく整はぬ艶《あや》を綴《つづ》る

と書かれているように、万葉の歌風は「心が素朴で実直であるがゆえに、少し艶《つや》やかさが足りない」と思われていたようだ。

これを江戸時代の国学者・賀茂真淵《かものまぶち》は**「ますらをぶり」**と評した。簡単に言えば「男らしくおおらかな歌風」ということになるかな。

これは平安時代の『古今《こきん》和歌集』の歌風が**「たをやめぶり」**、つまり女性的で優雅であるというのと対照的なとらえられ方なんだ。

ちなみに『古今和歌集』は『万葉集』に遅れること百余年、紀貫之《きのつらゆき》などが天皇の命で編んだ勅撰《ちよくせん》和歌集であるのに対して、『万葉集』は私撰といえば私撰なんだけど、時代を超えて読み継がれたという点では、古典中の古典と自負している。

新元号「令和」の出典は、ここ！

平成の次の元号「令和」という語の出典が『万葉集』であることは有名だけど、それは編纂者のボクの誇りであるとともに、国書から採られた初の元号ということで、日本人みんなの誇りだと思ってもらえると嬉しい限りだ。

初春の令月にして、気淑く風和ぐ

まず、この「令和」についてのお話から始めよう。

七三〇（天平二《てんぴょう》）年のお正月のことというから、ボクがまだ十代の少年だった頃のお話だ。当時の日本では、まだ梅の花が珍しく、「中国からもたらされたこの植物が

美しく咲くさまを愛《め》でる宴《うたげ》を、みんなで集まって催《もよお》そう！」という話が官人たちの間で持ち上がった。

宴の場所は、大宰帥《だざいのそち》（＝大宰府の長官）の大伴旅人《たびと》（ボクのお父さん！）の邸宅。

当時の大宰府は、日本と外国との交流の窓口だったので、近くは唐や朝鮮半島、遠くはペルシアやインドなどの西域文化がいち早く持ち込まれていたんだね。**国際色豊かな「天平文化」の時代**だ。

宴に集まった人々が、咲き誇る梅の花を見ながら歌を詠んだ様子が、巻第五に収録された「梅花の歌三十二首の序文」に記されているんだけど、そこに「令和」という元号の元になる文章がある。

時に、初春《しょしゅん》の令月《れいげつ》にして、気淑《よ》く風和《やはら》ぐ。

訳：折しも初春の良い月で、空気はしとやかで風は穏やかに吹いている。

この「梅花の歌三十二首の序文」を書いたのは山上憶良《やまのうえのおくら》（旅人という説もある）だと言われているんだけど、この新元号の「令和」の考案者とされている中西進《なかにしすすむ》大阪女子大元学長は、月刊誌『文藝春秋』二〇一九年六月号で、「令」は「麗《うるわ》しい」、和は「平和」と「大和《やまと》」を表現しているとしたうえで、

「『令和』は、『麗しき平和をもつ日本』という意味です。麗しく品格を持ち、価値をおのずから万国に認められる日本になってほしいという願いが込められています」

と説明している。

✿奈良時代の花見といえば「梅」！

序文では、続けて梅の咲く様子を「鏡の前で女性が装う白粉《おしろい》のような白さで咲いている」と記している。梅の花の色はピンクか白のイメージがあるけど、ここで咲いていたのは、どうやら紅梅ではなく白梅のようだ。

序文の後に三十二首の歌が続いていて、それは宴に参加した人たちが順に詠んだものだけど、こうしたスタイルは、のちの世の「連歌《れんが》」に似ているね。

最初に詠まれた歌を紹介しておこう。

正月《むつき》立ち　春の来《きた》らば　かくしこそ　梅を招《を》きつつ　楽しき終《を》へめ（5・八一五）

訳：正月になり、春が来たならば、こうやって梅を迎えて楽しく歓《かん》を尽くして終わろう。

今だと春といえば桜のお花見がメジャーだけど、天平の時代にはまだ桜は一般的ではないので、みんなで梅のお花見をしたというわけだ。

陰暦では「一月」つまり「睦月《むつき》」から春に入るんだけど、太陽暦だと二月くらいだから、まだ少し寒かったのではないかと心配してしまう。

でも、そこは少々寒くてもみんなで酒を酌《く》み交《か》わしながら楽しい時間を過ごし、梅の花を題材にして歌を詠んで盛り上がったんだろうね。今も昔も変わらぬ宴の様子というものだ。

このお話の最後に、梅の宴の主催者である旅人の歌を紹介しよう。

我《わ》が園に　梅の花散る　ひさかたの　天《あめ》より雪の　流れ来《く》るかも（5・八二二）

訳：私の園に、梅の花が散る（ひさかたの）天から、雪が流れてくるのだろうか。
ここでは白梅を雪に見立てているんだけど、これは中国の六朝《りくちょう》時代の漢詩でよくある趣向を踏まえたものだ。

純白の梅が散る様子を、天上から流れてくる雪に喩《たと》えるなんて、なかなかロマンチックだね。

この「見立て」という技法は、『万葉集』より少し後の時代の『古今和歌集』からよく使われるようになった。波を花に見立てたり、露を玉（美しい宝石や真珠のこと）に見立てたり、紅葉を錦に見立てたり……。目の前の情景に他のものを重ねて、想像力豊かに詠んでいたんだ。

梅を雪に見立てた旅人の歌は、「見立て」が使われた最も早い例の一つと言われている。

「さすが、ボクのお父さん！」といったところだ。

それは「求婚の歌」から始まった！

『**万葉集**』**の巻頭**を飾るのは、第21代**雄略**《ゆうりやく》**天皇**の御製歌《おおみうた》だ。少し長い歌だけど、内容はなかなかおもしろいので少し辛抱《しんぼう》して読んでほしい。

籠《こ》もよ　み籠《こ》持ち　ふくしもよ　みぶくし持ち　この岡《をか》に　菜摘《なつ》ます児《こ》　家告《いへの》らせ　名告《の》らさね　そらみつ　大和《やまと》の国は　おしなべて　我《われ》こそ居《を》れ　しきなべて　我こそいませ　我こそば　告《の》らめ　家《いへ》をも名をも（1-一）

訳：籠《かご》も良い籠を持ち、掘串《ふくし》（＝へら）も良い掘串を持って、この春の岡で菜をお摘みになる娘さんよ。あなたの家はどこか聞きたい。名乗っておくれ。この天《あめ》が下

の大和の国は、ことごとく私が統《す》べているのだよ。すみずみまで私が治めているのだよ。私のほうこそ告げよう、家も名も。

なんと巻頭を飾る歌は、天皇が野原で菜を摘む若い女の子をナンパする歌、いや正確には求婚する歌だ。

『万葉集』の巻頭を飾るのはナンパの歌!?

当時、男性が女性に名を尋ねることは、「求婚」を意味していたんだ。

歌の中で「児」と呼びかけているところ

から、相手の女性は少女くらいの若い女性だとわかる。

雄略天皇が、少女の持つ籠や掘串（根菜などを掘るへら）などの持ち物を良いねと褒《ほ》めているのは、ナンパの常道……ではなく、見た目やしぐさの美しさもさることながら、「育ちの良さ」も認めている証拠。だけど、いきなり初対面で名前や家を尋ねたりしているところは、なかなか大胆だね。

それもこれも自分に自信があってのことで、最後には自分がこの国を統治している者、つまり天皇なんだと自慢して、自分の家も名も名乗ろうと言っているんだから大したものだ。大王《おおきみ》たるもの、こうでなきゃ！

もちろん、この歌を巻頭に持ってきた真意は、大和（奈良盆地）、ひいては日本国が天皇によって立派に統治され、美しく平和な国であってほしいとの願いを込めたからであって、単なるナンパ……いや求婚の歌をボクが巻頭に持ってくるはずがないことはしっかりと伝えておこう。

なお、この歌は**「長歌」**と呼ばれる形式だ。

長歌とは、五七、五七、五七……と続けていき、最後を五七七で締める歌のこと。ただし、この歌はかなり変則的な長歌になっているね。

まあ、形式なんて超パワフルな帝《みかど》・雄略天皇の前では無意味だけどね。

✿「一言主神」と対等に名乗り合った大王

雄略天皇は、五世紀後半に在位したとされる。

『日本書紀』や『古事記』によれば、先代であり同母兄の第20代安康《あんこう》天皇が暗殺された後、雄略天皇は皇位継承者になりえる皇族を次々に殺害し、邪魔者を排除して即位したとされている。

雄略天皇は地方豪族を武力で制圧し、それまで連合体だった倭国《わこく》を大王（天皇）による専制支配で中央集権体制にしようとした剛腕の持ち主だ。勢いあまって朝鮮半島南部の支配を確固たるものにしようと考えたようだけど、高句麗《こうくり》、新羅《しらぎ》との戦いでは劣勢に立たされ、うまくいかなかった。

即位してからも家臣たちを厳しく処刑した残虐非道な気性の激しい武闘派でもあったことから、『日本書紀』には、

「天下《あめのした》、誹謗《そし》りて言《まを》さく、『大《はなは》だ悪《あ》しくましします天皇なり』とまをす」

とまで書かれているんだから、相当な悪評だね。

ただ雄略天皇を「悪徳天皇（はなはだあしくまします　すめらみこと）」と呼んで悪く言う人もいるようだけど、それとは逆の「有徳天皇（おむおむしくまします　すめらみこと）」と呼ばれる面も持っているんだ。

というのも、雄略天皇は秦氏《はたうじ》や漢氏《あやうじ》をはじめとした渡来人を重く用いて殖産興業を推進したり、葛城山《かつらぎ》で狩りをしていた時に葛城の山の神である**一言主神**《ひとことぬしのかみ》と出会い、対等に名乗り合って一緒に狩りを楽しんだりして、人々を驚かせている。そうした点で人々は雄略天皇を「有徳天皇」とも呼んだんだね。

偉大なる王たちの「武」の系譜

そういえば、古代中国の歴史書『宋書』に登場する倭国の五人の王、「讃《さん》・珍《ちん》・済《せい》・興《こう》・武《ぶ》」において、倭王「武」は雄略天皇にあてられているというのが有力な説だ。「雄略＝武」、なるほど納得というところだね。それにしても「名は体を表わす」というように、日本武尊《やまとたけるのみこと》、雄略天皇（武王）、そして、「大君は神にしませば」と歌にも詠まれた第40代天武《てんむ》天皇へとつながっていくことを考えると、**日本の古代の偉大な王は「武」の系譜**と言えるような気がするね。その系譜は第42代文武《もんむ》天皇、第45代聖武《しょうむ》天皇を経て、平安京へと遷都する第50代桓武《かんむ》天皇へと受け継がれていくことになる。

ちなみに古墳時代にはまだ「天皇」という文字が使われていなくて、その代わりに雄略天皇の時から「大王」号が使われていたんだ。

では「天皇」という言葉はいつ頃から使われたのだろう？　以前は第33代推古《すいこ》天皇が最初の「天皇」と考えられていたが、現在はさまざまな説がある。

例えば、大阪府柏原《かしわら》市の松岳山《まつおかやま》古墳から発見された「船氏《ふなし》王後《おうご》墓誌《ぼし》」（飛鳥《あすか》時代の官人、船王後《ふねのおうご》の経歴などを記録した銅製の墓誌。国宝）から、第38代天智《てんじ》天皇が初めて使用したとも言われている。この墓誌に「天皇」という言葉と合わせて刻まれた「戊《ぼ》辰《しん》年（六六八年）十二月」という年は、天智天皇が即位した年だからだ。

だが、天武天皇が最初の〝公式天皇〟だという説もあり、まだまだ議論の余地がありそうだ。なお、現在確認されている最古の「天皇」の文字は、飛鳥池工房遺跡から出土した木簡《もっかん》の墨書《ぼくしょ》（「天皇聚露弘□□」）とされているよ。

「嫉妬の女王」が動き出すと何かが起きる!?

磐姫皇后《いわのひめこうごう》（『古事記』では「石之日売命《みこと》」とあり、『日本書紀』では「磐之媛命」とある）は、三一四（仁徳天皇二）年に立后《りっこう》した**仁徳天皇の皇后**で、『万葉集』最古の作者と言われている。

仁徳天皇といえば、大規模な治水灌漑《かんがい》工事を行なったり、広大な田地を開拓したりして仁政を敷く一方、朝鮮半島遠征や宋への遣使など、外交面でも実力を発揮した天皇として有名だ。

また、大阪府堺市堺区大仙町にある仁徳天皇のお墓とされる大仙陵《だいせんりょう》古墳は、エジプトのクフ王のピラミッド、中国の始皇帝《しこうてい》陵と並ぶ世界三大墳墓《ふんぼ》の一つ。全長約四百八十六メートルのバカでかい日本最大の前方後円墳の姿は、みんなも一度は教科書などで見たことがあると思う。

仁徳天皇は長寿としても知られ、『古事記』では八十三歳で崩御《ほうぎょ》したと記されている。

それだけの事業を成し遂げ、長寿をまっとうできたのは心身ともに元気で健康だったから……こそだろうけど、もしかしたら、恋愛からパワーをもらっていたのかもしれない。

実は、**仁徳天皇は好色だった**というエピソードがたくさん残っている。

ただし、問題は磐姫皇后が恐ろしく嫉妬深かったこと。次の歌を読めばわかるけど、彼女は仁徳天皇のことが死ぬほど好きだったんだね。

かくばかり　恋ひつつあらずは　高山《たかやま》の　岩根《いはね》しまきて　死なましものを（2・八六）

訳：これほどまで貴方のことを恋しながら生きることなんてもうしないで、いっそ高山の岩を枕にして死んでしまうほうがましです。

「こんなに恋するくらいなら、死んだほうがマシ!!」

……これほどの想いの深さだから、仁徳天皇がせっかく見初《みそ》めて手に入れた美女も、磐姫皇后の嫉妬深さに恐れをなして故郷に逃げ帰ったりしたんだ。何人もいる側室たちも磐姫皇后に遠慮して、仁徳天皇と逢うのは宮殿の外か、磐姫皇后が出かけて宮殿に不在の時に限っていたそう。コソコソと密会していたんだね。

✿「仁徳天皇LOVE♡」にもほどがある!

そんな中、仁徳天皇にとって最悪のケースだったのは、磐姫皇后が出かけている隙《すき》に**八田皇女**《やたのひめみこ》(仁徳の異母妹)と浮気したのがバレたことだろう。

それを知って激怒した磐姫皇后は、「実家に帰らせていただきます!」とばかりにそのまま天皇の元に戻らず山城《やましろ》(現在の京都府南部)の地に帰ってしまい、仁徳天皇が謝罪しにきても、面会を拒否したままその地で没したと伝えられている……ああ恐ろしや、恐ろしや。

ただ仁徳天皇も、磐姫皇后が亡くなった後、八田皇女を迎え入れて立后させているんだから、ちゃっかりしたものだ。
次の歌は、磐姫皇后が仁徳天皇のことを想って詠んだ歌だ。

君が行き《ゆき》　日長《け》くなりぬ　山尋《やまたづ》ね　迎へか行かむ　待ちにか待たむ（2-八五）

訳：貴方の行幸《みゆき》は日数が重なって長くなった。山を尋ねて迎えに行こうか、それともひたすら帰りを待つことにしましょうか。

秋の田の　穂の上《うへ》に霧《き》らふ　朝霞《あさがすみ》　いつへの方《かた》に　我《あ》が恋止《こひや》まむ（2-八八）

訳：秋の田の稲穂の上にかかっている朝霧（霞は霧のこと）のように、いったい、いつになったら私の恋は晴れるのでしょうか。

仁徳天皇の帰りを一日千秋の思いで待っているけなげな女心や、恋するゆえのつらさを歌っているね。

磐姫皇后が生んだ四人の息子のうち、三人が次々と天皇に即位した（第17代履中《りちゅう》天皇・18代反正《はんぜい》天皇・19代允恭《いんぎょう》天皇）わけだから、磐姫皇后は母として大いに誇れる立場だっただろう。

でも、いくら周りから称賛されようと、彼女にとっては夫の仁徳天皇の愛こそが最も価値あるものであり、愛すればこその嫉妬だったと考えると、その気持ちはわかる気がするなぁ。

「民の暮らしぶり」を高いところから眺めてみた！「国見の歌」

さて、『万葉集』の巻頭を飾る雄略天皇の歌の次にボクが配置したのは、第34代**舒**《じょ》**明**《めい》**天皇**の歌だ。四千五百首もの歌の中で**二番目**ということだから、その重要度の高さはわかろうというものだ。

天皇、香具山《かぐやま》に登りて望国《くにみ》したまふ時の御製歌《おほみうた》

大和《やまと》には　群山《むらやま》あれど　とりよろふ　天《あめ》の香具山　登り立ち　国見《くにみ》をすれば　国原《くにはら》は
煙《けぶり》立ち立つ　海原《うなはら》は　かまめ立ち立つ　うまし国そ　あきづ島　大和の国は（1 - 二）

訳：大和にはたくさんの山があるけれど、とりわけ立派な天の香具山の頂上に登り立って大和の国を見渡すと、広々とした土地からはご飯を炊くかまどの煙があちこちから立ち上っている。広々とした水面には水鳥たちがたくさん飛び交っている。本当に美しい国だ（あきづ島）この大和の国は。

これは**「国見の歌」**と呼ばれるもの。

「国見」とは、帝王や為政者が高い場所に登って四方を眺望しながら、国のありさまを観察することだ。

古代は高いお城や塔などがなかったので、お殿さまならぬ天皇（大王）としては、天守閣ならぬ山の頂上に登って国全体を見渡し観察することは、政治的行事の一つだった。

それと同時に、「五穀豊穣を予祝《よしゅく》する」という重要な宗教的儀礼の意味もあったんだね。

かつて仁徳天皇が国見をして、人家のかまどから煙が立ち上っていないことに気づ

いて心を痛め、三年間人民の租税を免除し、自らも倹約に努めたことがあった。三年後に仁徳天皇が再び国見をしてみると、あちこちのかまどから煙が立ち上っているのが見えて大いに喜んだと『日本書紀』に記述されている。

「天の香具山」の頂から言霊パワーを送る！

この舒明天皇の歌は、天の香具山から奈良盆地全体を国見したものだろう。

天の香具山は**大和三山**（天の香具山・畝傍《うねび》山《やま》・耳成《みみなし》山《やま》）の一つで、天から落ちてきた山とも言われる、大和で最も格式の高い山の一つなんだ。

実は、舒明天皇は、皇位継承問題で厩戸王《うまやとおう》（聖徳太子）の子・山背大兄王《やましろのおおえのおう》と争い、蘇我蝦夷《そがのえみし》の力を借りて即位できたんだ。それもあって、治世中（在位六二九～六四一）は、蝦夷・入鹿《いるか》親子が絶大な権力をふるい、専制的な政治を行なっていた時代だったんだ。大王にはなれたけど、蘇我氏の勢力が飛躍的に伸長してしまい、内心はどうだったのかな。

だからこそ、天の香具山の頂《いただき》で国見をして、「大和の国は本当に美しい国だ」と詠んだ舒明天皇は、**歌の持つ言霊《ことだま》の力で、自分の治める国を本当に素晴らしい国にしようという**強い思いがあったに違いない。

中臣鎌足の〝ドヤ顔〟が思い浮かぶ歌

六世紀後半から七世紀の前半にかけては、蘇我氏が権力を握っていた時代と言える。
特に、蘇我馬子《うまこ》・蝦夷親子は、第30代敏達《びだつ》天皇から第35代皇極《こうぎょく》天皇まで六代もの天皇に仕え、蘇我氏の全盛時代を築いた。

第33代の**推古天皇**は、厩戸王を摂政《せっしょう》に立て、内政では冠位十二階や十七条憲法などを制定、外政では小野妹子《おののいもこ》を隋《ずい》に派遣したのは有名な話。

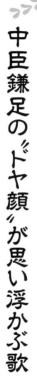

聡明な女帝・推古天皇は、蘇我氏と厩戸王とのパワーバランスを見ながら、うまく舵《かじ》取りができていたようなんだ。

でも、厩戸王が亡くなり、次いで推古天皇が崩御すると、蝦夷が人事権を握って政治を私物化し始め、豪族たちの中からも蘇我氏になびく者が多数出るなど、天皇家の存在を脅《おびや》かすほどの権勢を誇った。

そして、入鹿が田村皇子《たむらのみこ》を天皇に擁立《ようりつ》（舒明天皇）するために、有力な皇位継承権者である山背大兄王を攻め、一族もろとも自殺に追い込んだ。これにより厩戸王の血を引く上宮王家《じょうぐうおうけ》は滅亡してしまったんだ。

こうした蘇我氏の専横ぶりに危機感を抱いた**中臣鎌足**《なかとみのかまたり》（のちの藤原鎌足）は、密かに蘇我氏打倒計画を練り、六四五（皇極天皇四）年六月十二日（※以下すべて陰暦）、**中大兄皇子**《なかのおおえのみこ》らと共謀して、皇極天皇の御前で入鹿を誅殺《ちゅうさつ》した。翌日には、父・蝦夷も自宅に火を放って自害した（乙巳《いっし》の変）。

これ以後、蘇我氏は二度と中央政治の表舞台に立つことはなかったんだ。

「いい女が自分のところにやってきた！」

蘇我氏から権力を取り戻した中臣鎌足は、中大兄皇子と大海人皇子《おおあまのみこ》らの協力を得て、中央集権国家を確立すべく、大化の改新を推進していくことになる。

その後、皇極天皇の弟である第36代孝徳《こうとく》天皇が即位し、続いて第37代斉明《さいめい》天皇（一度退位した皇極天皇）が再び即位した（一度位を退いた天皇が再び即位することを「重祚《ちょうそ》」と呼ぶ）。

こうして続く時代においても、鎌足は朝廷で重要な職務を歴任して大活躍したんだ。鎌足は、「藤原氏の始祖」と称される人物だけど、その鎌足が「藤原」姓を賜《たまわ》ったのは、中大兄皇子が天智天皇として即位した後のことで、鎌足は臨終の床で藤原姓を賜り、翌日に逝去《せいきょ》している。

鎌足は『万葉集』には二首の歌を残している。一首は正妻である鏡王女《かがみのおおきみ》に贈った歌で、もう一首は鎌足が采女《うねめ》・安見児《やすみこ》を得たことを喜ぶ歌だ。

玉くしげ　みもろの山の　さな葛《かづら》　さ寝《ね》ずは遂《つひ》に　ありかつましじ（2・九四）

訳：（玉くしげ）みもろ山のさね葛ではないが、さ寝ずには（貴女と共寝《ともね》せずには）とてもこのまま生きていられないでしょう。

我《あれ》はもや　安見児得《え》たり　皆人《みなひと》の　得かてにすといふ　安見児得たり（2-九五）

訳：私はああ、安見児を得た。みんなが手に入れがたいと言う、安見児を得たのだ。

愛する正妻に贈った歌もさることながら、安見児という名の采女に贈った歌が、鎌足の女好きをよく表わしているね（笑）。

采女とは、諸国の豪族の姉妹や娘たちの中から美人を選んで都へ上らせ、天皇に奉仕させた女官のことだ。采女自身の身分は低かったものの、天皇の寵愛《ちょうあい》を受ける可能性のある女性であることから、臣下との結婚は許されていなかった。

しかし、鎌足がこの美しい采女を手に入れることができたのは、天智天皇の腹心の部下として、長年活躍したという信頼が厚かったからだろう。

だから、この歌は采女を手に入れられた喜びと同時に、**「天皇から自分だけが特別な許可をもらえた」という名誉を歌ったもの**でもあるんだ。

この歌でもわかるように、「みんなが手に入れがたいと思う」ほどの美人だったに違いないその女性を手に入れた鎌足は、ドヤ顔して踊らんばかりに喜んでいる。

その素直な喜びっぷりは、大化の改新を成し遂げた正義の漢《おとこ》、鎌足像からはちょっと遠いものがあるように思うのは、ボクだけだろうか。

鎌足の正妻・鏡王女の〝謎めいた歌〟

一方の鎌足の正妻・**鏡王女**の素性《すじょう》は謎に包まれている。

額田王《ぬかたのおおきみ》（65・70ページ参照）の姉という説もあれば、『万葉集』と『興福寺縁起《こうふくじえんぎ》』の記述から推測するに、最初は天智天皇の妃《きさき》で、のちに鎌足の妻となった女性だという説もある。

その他、『日本書紀』と『延喜式《えんぎしき》』の記述から推測するに、舒明天皇の皇女もしくは皇孫だという説、いやいやそれも違って、鏡王女という名の女性は二人いて、まったくの別人だ……などなど、諸説あって、いずれも確証はないんだ。

さらに、『興福寺縁起』では藤原不比等《ふひと》（鎌足の次男）の生母とされているけど、『大鏡《おおかがみ》』では不比等の母は別の女性とも言われており（59ページ参照）、『興福寺縁起』の記述は後世の創作だとする説もあるくらい……うーん、ミステリアスな女性だ。
『万葉集』には、四首の歌が収録されている。その中で、最も謎の多い歌を紹介しよう。

風をだに　恋ふるはともし　風をだに　来《こ》むとし待たば　何か嘆かむ（4－四八九）

訳：風をさえ恋心を募《つの》らせているとは羨ましい。風をさえ来るだろうと待ち恋うているのならば、何を嘆くことがありましょう。

一読すると、いったい何を言っているのか、ちっともわからないよね。
実は、この歌は額田王の歌の次に配置されているところがポイントなんだ。

君待つと　我《あ》が恋ひ居《を》れば　我《わ》が屋戸《やど》の　簾《すだれ》動かし　秋の風吹く（4－四八八）

訳：貴方のおいでを待ちながら私が恋い慕《した》っていると、私の家のすだれを動かして秋の風が吹く。

この額田王の歌では、「すだれが動いたので、いとしいあの人が訪れたのだと思ったら、風のいたずらだった」と歌われている（90ページ参照）。それを受けて鏡王女の歌が詠まれたということで、少し意訳して、もう一度わかりやすく解釈し直してみよう。

意訳：風の動きにさえ、愛する人の訪れを期待して恋心を募らせるとは、なんと羨《うらや》ましいことでしょう。風の動きにさえ「あの人がいらしたかしら」と待つことができるならば、まして愛する人が本当に訪れたなら、どれほど嬉しいことでしょう。だからどうして嘆くことがあるでしょうか、いえ、ありませんよ。

この歌の裏にあるのは、「どれだけ待っても、想う相手が来ないことだってあるのですよ」ということだろう。だから、愛する人を待てること自体が羨ましいことで、嘆く必要などないですよ、と鏡王女は額田王に応えたわけだ。

実はこの歌は、鏡王女が夫の鎌足を亡くした時に歌ったものと言われている。死んでしまった以上、いくら待てどもあの人が帰ってくることはない、そういう悲しい想いが込められた歌なんだね。

仰天！　藤原不比等は天智天皇の落胤？

さて、死ぬ前日に「藤原姓」を天智天皇から賜った鎌足だけど、その三年後に天智天皇も崩御し、すぐさま**壬申《じんしん》の乱**（六七二〈天武元〉年）が起きている。

この乱で、反乱側の大海人皇子（天智天皇の弟）は、天智天皇の息子・大友皇子《おおとものみこ》を自決に追い込んで勝利し、即位して天武天皇となり、皇親《こうしん》政治を行なっていくこととなる。

不比等は、壬申の乱の時はまだ十三歳と幼かったため、乱に参加することもなく、当然、罪には問われなかった。

とはいうものの、父の鎌足が天智天皇の腹心の部下だったということもあり、天智天皇の息子である大友皇子側の敗北を受け、乱の後の不比等は優遇されず、朝廷では下級官吏《かんり》からのスタートになった。

ここで、不比等の出生にまつわる、ある重大な噂があることを伝えておこう。実は不比等は鎌足の本当の子ではなく、**天智天皇の落胤《らくいん》**（身分や地位の高い男が、正妻ではない女性に密かに生ませた子）であるとの噂だ。

後世の歴史物語『大鏡』の中で、次のような話が描かれている。

天智天皇が鎌足を寵臣《ちょうしん》として信頼し、その褒美《ほうび》に妃（大后《おおきさき》と呼ばれる正妻の他に持っていた妻）の一人（車持与志古《くるまもちのよしこ》娘《のいらつめ》）を譲ろうとした時、妃はすでに妊娠していた。そこで天智天皇は、しばらくお考えになってから鎌足にこうおっしゃった。

男ならば大臣の子とせよ。女ならばわが子にせむ。

訳：生まれてくる子が男の子ならば、鎌足大臣の子とせよ。女の子ならば朕《ちん》の子にしよう。

結局、生まれてきた子は男の子だったので、鎌足の子として育てることになった。それが不比等だというんだ（すごい話だね）。その後、不比等は右大臣となり、鎌足に負けず劣らず出世して、その後の藤原氏の繁栄の礎《いしずえ》を築いたわけだね。

本当に不比等が天智天皇の落胤であったかどうかはわからないけれど、その後の藤原氏の繁栄を考えると、この噂の持つ意味もわかろうというものだ。

『竹取物語』の車持皇子のモデルは藤原不比等⁉

ところで、不比等は『竹取物語』の中で、かぐや姫に求婚する五人の貴公子のうちの一人、車持皇子《くらもちのみこ》のモデルと言われている。不比等は天智天皇の落胤だから、作者は物語の中では「皇子」ということにしたんだね。

話の中で、かぐや姫にプロポーズした車持皇子は、結婚する条件として東方の海上にそびえる山にあるという「蓬萊《ほうらい》の玉の枝」を取ってくるように言われる。

でも、ズルい車持皇子は職人たちに命じてそれらしきものを作らせ、いかにも自分が旅の果てに苦労してやっと手に入れたかのように、偽物の「蓬萊の玉の枝」をかぐや姫に献上したんだ。

このまま二人は無事に結婚にこぎつけるかと思いきや、職人たちが報酬をもらっていないと訴え出たために「蓬萊の玉の枝」は偽物と判明し、車持皇子とかぐや姫との結婚はおじゃんになるという、大どんでん返しの結末を迎える……まあ、せこすぎというか、「ざまあ見ろ」というところだね。

ちなみに結婚できなかった車持皇子は、その後職人たちを逆恨みし、お仕置きまでしたというんだから、まさにダメダメ皇子として描かれているわけだ。

『万葉集』には不比等の歌は入っていないけど、山部赤人が不比等の没した後に、「故《すぎにし》太政大臣藤原家の山池《しま》を詠む歌」として詠んだ歌がある。

古《いにしへ》の　古き堤《つつみ》は　年深み　池のなぎさに　水草《みくさ》生《お》ひにけり（3-三七八）

訳：昔の古い堤は長い年月を経ているので、池のみぎわに水草が生えているなぁ。

すでに不比等が没して十年以上が経って詠まれた歌で、この世の無常迅速の感が溢《あふ》れている。

でも、現実には不比等の息子の四兄弟（武智麻呂《むちまろ》・房前《ふささき》・宇合《うまかい》・麻呂《まろ》）は出世を果たし、異母妹を光明《こうみょう》皇后として立后させているんだから、不比等は草葉の陰で大喜びしていたんじゃないかな。

骨肉相食む「壬申の乱」と万葉ロマン

『万葉集』の背景を知るうえで、**「壬申の乱」**を理解しておくことは大切だ。

壬申の乱は、六七二（天武元）年の六月から七月に起こったもので、**古代日本における最大の内乱**といえるものだ。

骨肉相食《あいは》む戦いで、天智天皇が崩御したのち、その息子の大友皇子に対して天智天皇の弟である大海人皇子（のちの天武天皇）が反旗をひるがえした。

天智天皇は、四十六歳の若さで崩御。

息子の大友皇子は、まだ二十四歳。それに対して、のちに天武天皇となる大海人皇子は、年齢未詳ながら、おそらく四十歳前後だったと思われる（兄弟関係が逆で、天武天皇のほうが天智天皇より年上という説もある）。

天智天皇と天武天皇――兄弟の確執

大友皇子VS大海人皇子――戦いの図式としては一見、こう思えるけど、実質的には天智・大海人（天武）の兄弟間の争いと言っていい。

壬申の乱以前、朝廷は近江《おうみ》にあり、そこに天智天皇と大友皇子親子が住んでいた。

一方の大海人皇子は、出家するという口実で吉野に退居してチャンスをうかがっていた。天智天皇が崩御したタイミングで、次の皇位争いが起きることは、誰の目にも明らかだった。

まず、大友皇子が先制パンチを放つ。吉野にいる大海人皇子に対して、封じ込めを謀《はか》ったのだ。しかし、それをいち早く察した大海人皇子は反旗をひるがえして挙兵す

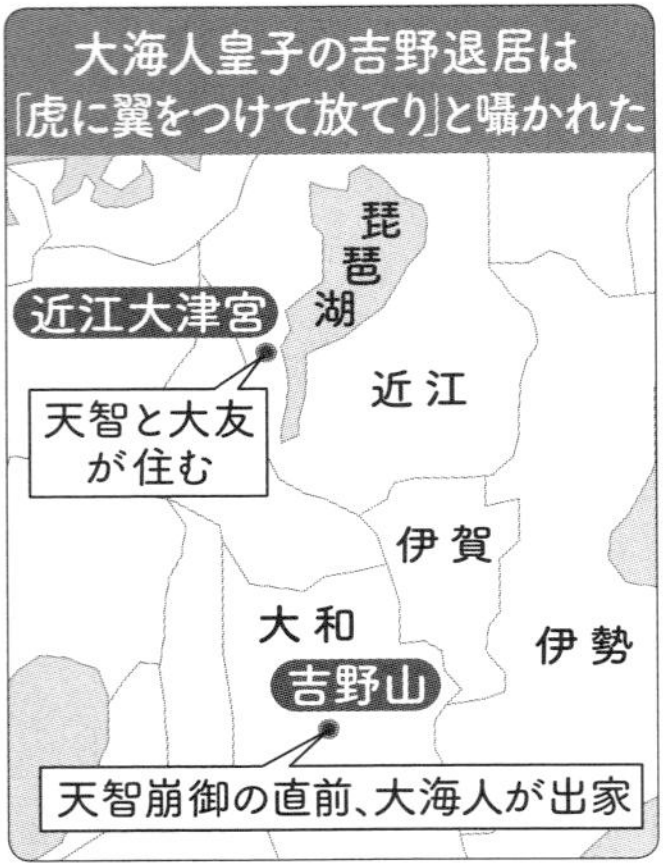

る。一カ月の間、一進一退の戦いが続いた後、大津《おおつ》での戦いにおいて大海人皇子が大勝し、大友皇子が自決して勝敗は決した。

翌年、大海人皇子は天武天皇として即位するけど、一人の大臣も置かず専制君主として君臨した。「反乱軍側が勝利し、皇位に就く」ということを正当化し、権威づけるためにも、天皇親政の独裁政治を行なう必要があったんだね。

野守は見ずや君が袖振る――「昔の男に言い寄られて困っちゃう」

壬申の乱の原因は、いくつか考えられる。主たるものは皇位をめぐる争いだろうけど、天智天皇と天武天皇が**額田王**という一人の女性をめぐって、三角関係に陥ったことに原因を求める説もあるんだ。

まずは、次の歌を読んでほしい。

あかねさす　紫草野《むらさきの》行《ゆ》き　標野《しめの》行き　野守《のもり》は見ずや　君が袖《そで》振る（1-二〇）

訳：（あかねさす）紫草《むらさき》の野を行き、標野《しめの》を行き、野守は見ているじゃありませんか、貴方が袖を振るのを。

この歌は額田王の作。六六八（天智天皇七）年に天智天皇と蒲生野《がもうの》（琵琶《びわ》湖の東岸、近江国蒲生郡に広がっていた野）に遊猟《みかり》（薬草などを採る儀式的行楽）に出かけ、その宴会の席で額田王が大海人皇子との昔の関係をネタにして詠んだ歌だ。

実は額田王はかつて大海人皇子と結婚し、子供（十市皇女《とおちのひめみこ》）をもうけていたんだ。でもこの歌が詠まれた時、二人はすでに別れており、額田王は大海人皇子の兄である天智天皇と恋人関係にあった。

そんな三人を含めた一行が行楽に出かけた時に、天智天皇がいる前で額田王が、「貴方の弟の大海人皇子が袖を振って、まだ私のことを好きだと伝えてきますよ。どうしたものでしょう」

という内容の強烈な歌を贈ったんだね。

ここで言う「袖振る」は当時の求愛のしぐさで、愛する人の魂を「おいで～」と引き寄せるしぐさを「袖振る」と言い表わしている。

いくらおおらかな万葉の時代といえども、前夫である大海人皇子の未練たらたらの姿を、兄であり、新しい愛人である天智天皇の前で堂々と詠むなんて大胆すぎる!!

ちなみにこの歌は解釈が割れていて、「紫草野行き　標野行き」の主語は「野守」なのか「君（＝大海人皇子）」なのか、はたまた歌の作者である「額田王」なのか、いろいろと議論されてきたようだけど、ここでは「君（＝大海人皇子）」の説を取っておくね。そのほうがロマンチック度が数倍増すから！

めでたい宴の場で見せた「大人の余裕」の歌？

さて、この額田王の歌に対して、かつて夫だった大海人皇子が返した歌はというと……。

紫草《むらさき》の　にほへる妹《いも》を　憎くあらば　人妻《ひとづま》故《ゆゑ》に　我《あれ》恋ひめやも（1・二一）

訳：紫草のように美しい貴方を憎いと思うのならば、人妻と知りながらなんで貴方を私は恋慕うでしょうか、いや恋しなかったでしょう。

大海人皇子のほうは大まじめに、「お兄さんの妻になってしまった貴方を、今でも恋い慕っているのです」と返歌したわけだ。

この相聞歌、お兄さんのいないところで二人が実はまだ愛し合っていた……、なんてスキャンダラスな妄想をしてしまうけれど、実はこれは宴の場でみんなに披露されたものなんだ。つまり、お遊びの歌。

それが証拠に『万葉集』においてこの歌は、男女が交わす恋の歌である「相聞歌」としてではなく、行事や旅や宴会の歌などが収められている「雑歌」として分類されている。

また、題詞（22ページ参照）にも「額田王の作る歌」とあり、「贈る歌」とは書かれていないことから、二人の歌は宴の余興で、かつての関係をネタに詠んだものと考えられている。

三人は額田王をめぐる三角関係にあるのではなく、実は仲良し？……なわけはないのだけど、もうすでにいい歳にもなっているし、ここはみんながいるめでたい宴会の場、「大人の余裕」を見せたということかな。

ミステリアス美女・額田王の大傑作

少なくとも、天智天皇と大海人皇子（のちの天武天皇）というウルトラすごい二人となんらかの関係を持った（と思われる）額田王という女性は、とても魅力的だったに違いない。ただ生没年などは未詳で、出自に関しても『日本書紀』に鏡王《かがみのおう》の娘、額田姫王《ひめみこ》と記されている程度だ。

一説に釆女や巫女《みこ》として、天皇や皇后に近侍《きんじ》していたとも言われているけれど、詳しいことはわかっていない。その神秘さゆえに、後世の作家たちの想像力を刺激したとも言える。

現代においても、井上靖《やすし》氏や永井路子《みちこ》氏が額田王を主人公とした小説を書き、里中満智子《まちこ》氏や大和和紀《やまとわき》氏の描いた漫画はいずれも舞台化されている。

とにもかくにも二人の天皇を手玉に取り、千年以上の時を経ても人々を魅了するパワーを持った女性だね。

✿「いざ出陣、エイエイオー!!」の歌

額田王の歌は、長歌と短歌を合わせて全部で十二首（重複する歌は一首と数える）が『万葉集』に入首しているけど、残されている歌を見ると、「プロ歌人」と言っても良いほど高いレベルだ。

特に人気なのは次の歌だろう。

熟田津《にきたつ》に　船乗《ふなの》りせむと　月待てば　潮《しほ》もかなひぬ　今は漕《こ》ぎ出《い》でな（1・八）

訳：熟田津で船に乗ろうと月の出を待っていると、月が出たばかりでなく、ちょうど潮も満ちて船出に最適になった。さあ、今こそ漕ぎ出しましょう。

この歌は、実は「いざ、出陣！」という戦いの勇ましいかけ声の歌なんだ。というのも、当時の日本は朝鮮半島とかかわりが深く、六六〇（斉明六）年に滅亡した百済《くだら》の王族や遺民たちから援軍要請があった時、百済を支援するべく唐・新羅連合軍と戦うために朝鮮半島へ出兵することにしたんだ。

その途中、四国に立ち寄り、次に九州、そして朝鮮半島へと船出する際に詠まれたのがこの歌だ。「熟田津」というのは今の愛媛県松山市の道後《どうご》温泉のそばの港で、この歌は斉明天皇の命を受けて額田王が代作したもののようだ。

歌の勢いとして、まさに「いざ、出陣、エイエイオー!!」という戦士たちの士気を高める感じがするね。

ただ残念ながら、この**「白村江《はくそんこう》の戦い」**と呼ばれる戦いは、日本・百済遺民連合軍側が敗れ、日本は朝鮮半島から撤退してしまう。

この当時の船は船底が扁平《へんぺい》で、一度浜に着いた船は潮が引くと干潟《ひがた》の上でどうにも動かせなくなってしまうものだった。

だから、次に船出するためには潮が満ちて船が浮かぶのを待つしかなく、それはつまり満潮を知らせる月が出るというタイミングだったんだね。

それにしてもこの歌の力強さは、女性が詠んだとは思えない素晴らしいもので、『万葉集』の中でもベストテンに入る大傑作じゃないかな。

スケール雄大！　大和三山に"三角関係"を仮託した歌

天の香具山・畝傍山・耳成山の三つの山は合わせて大和三山と呼ばれる。奈良盆地の南部、飛鳥の地にあり（269ページ参照）、『万葉集』にもしばしば登場する。大和三山を詠んだ歌の中でも、特に有名なのが、大化の改新をきっかけに権力を握った天智天皇が、まだ即位する前の中大兄皇子時代に詠んだ歌だ。

中大兄《なかのおほえ》の三山《みつやま》の歌一首

香具山《かぐやま》は　畝傍《うねび》ををしと　耳梨《みみなし》と　相争《あひあらそ》ひき　神代《かみよ》より　かくにあるらし　古《いにしへ》も
然《しか》にあれこそ　うつせみも　妻を　争ふらしき（1－一三）

訳：香具山は畝傍山をいとしいと思って、（それまで親しくしていた）耳成山と互いに争った。神代の昔からこんなことがあったらしい。昔もそうだったのだから、今の世の人たちも妻をめぐって争うのだろう。

昔から、日本では山そのものをご神体、つまり神さまだと考えてきた。ここでは**畝傍山を女神、香具山と耳成山を男神**と考え、その三角関係を詠んでいる（この「三山の歌」は、解釈によって三山の性別が違うんだけど、ボクは畝傍山を女神ということで解釈したよ）。

八百万《やおよろず》の神の意識が強く根づいた日本ならではの歌だね。古代の人々が、とても身近に八百万の神の存在を感じていたこともわかる。

「山の三角関係」を詠んだだけでもおもしろい歌だけれど、この歌にはある人間関係が隠されている、という説もあるんだ。

天智天皇といえば、弟である大海人皇子と額田王を取り合った仲。この天智天皇自身の三角関係を、山になぞらえて暗示している、というのがその説だ。

美しい稜線《りょうせん》を描いて連なる三つの山を眺めながら、自らの複雑に絡まり合った男女関係に思いをめぐらせていたのか――。真実はこの歌を詠んだ天智天皇にしかわからない。

けれど、神さまの恋模様という壮大な物語と、人々の恋の営みという身近な話をつなぎ合わせる、スケールの大きな歌だということは確かだ。

山は神さま!?「雲よ、隠さないで」と歌われた三輪山

上代の人々にとって、山がいかに重要な存在であったかを示す歌がある。額田王による次の歌がそうだ。

額田王、近江国《あふみのくに》に下《くだ》る時に作る歌、井戸王《ゐのへのおほきみ》の即《すなは》ち和《こた》ふる歌

味酒《うまさけ》　三輪《みわ》の山　あをによし　奈良《なら》の山の　山の際《ま》に　い隠《かく》るまで　道の隈《くま》　い積《つ》もるまでに　つばらにも　見つつ行《ゆ》かむを　しばしばも　見放《みさ》けむ山を　心なく

雲の　隠さふべしや（1-一七）

訳：（味酒）三輪の山を、（あをによし）奈良の山々の間に隠れてしまうまで、道の曲がり角が幾重にも重なるまで十分に見ていこうと思っているのに、何度でも眺めたい山なのに、無情にも、雲よ、どうか隠さないでいてほしい。

これだけ読むと、額田王が「美しい三輪山をいつまでも見ていたい」と思っているだけの歌のようだけれど、「三輪山」がどういう山なのかを知ると、この歌は百倍おもしろいんだ。

まずは題詞に注目。「額田王が近江国に下る」というのは、近江国（今の滋賀県）にある大津宮に遷都したことを指している。この遷都は、あまり喜ばしい目的のものではなかったと言われている。「白村江の戦い」（73ページ参照）の敗北を受け、国内の政治の結束を高めるため、また国防強化のために、内陸部に政治の中心を遷《うつ》したのだという説があるんだ。

「味酒」は「三輪山」を導く枕詞だ。「うまさけ」、つまり「旨い酒」のことを古語で「神酒《みわ》（神に供える酒）」と言ったところから、音のつながりで「三輪山」を導くようになったと言われている。この「味酒」に導かれる三輪山は、古来から「神そのもの」である特別な山とされ、人々の心の拠《よ》り所だった。

つまり、雲に三輪山が隠されている状態というのは、拠り所である神の姿が見えないということ。

戦いに敗れ、都を遷るという不安でいっぱいの時、額田王は、「どうか姿を現わしてください」と祈りにも似た気持ち、そして三輪山に託した大和への惜別の気持ちを込めてこの歌を詠んでいるんだ。

この時代、自然と神さまがいかに近しいものであったかがよくわかる歌だね。

かと思うと、「大君は神です！」なんていうヨイショの歌（80ページ参照）も詠んでいるんだから、人の世界と神の世界の境界は、結構あいまいなものだったのかもしれない。

究極のヨイショ！「大君は神にしませば」

それにしても、「壬申の乱」に勝利した大海人皇子（のちの天武天皇）の政治改革には、目を見張るものがある。

律令《りつりょう》制に向けての制度改革、「八色《やくさ》の姓《かばね》」という姓の制度の導入、飛鳥浄御原令《きよみはらりょう》の編纂の命令、新都・藤原京（六九四〈持統《じとう》天皇八〉年から文武天皇の代を経て、第43代元明《げんめい》天皇の七一〇〈和銅三〉年に、平城京に遷るまでの都。大和三山〈49ページ参照〉に囲まれた地域）の造営などなど。

また、日本の歴史上、重要な**『日本書紀』**と**『古事記』**も、天武天皇が編纂を命じ、死後に完成したものだし、仏教を保護して国家仏教化を推進したのも天武天皇だ。

さらには、**「天皇」を称号とし、「日本」を国号とした最初の天皇こそ天武天皇だと**

言われている。

✿歌聖による「天皇＝現人神」を知らしめる歌

こんなスーパースターの天武天皇亡き後、妻の持統皇后が即位したわけだけど、天皇の「求心力」を維持するのは容易ではなかったと想像される。そこで第41代持統天皇が取った作戦は、亡き夫の遺業を完成させるとともに、その偉大さを訴え続けることだった。

例えば、宮廷歌人として名高く、万葉歌人の中でも**「歌聖」**と讃えられる柿本人麻呂は、**「天皇は神だ」**と称揚したんだ。

大君《おほきみ》は　神にしませば　天雲《あまくも》の　雷《いかづち》の上《うへ》に　廬《いほ》りせるかも（3-二三五）

訳：わが大王は神でいらっしゃるので、天雲の雷《いかずち》の上に仮の宮殿を造っていらっしゃる。

「大君は　神にしませば」というのは、天皇を「現人神《あらひとがみ》」として尊《たつと》び、その威力を讃えて言う常套句《じょうとうく》であり、人間の力では絶対に不可能な行為、ここでは「天雲の　雷の上に　廬りせるかも」と表現されている。

「壬申の乱」によって天智天皇の近江朝を倒して即位した天武天皇としては、ただ武力によって国を治めている存在ではなく、人間を超えた存在、「天皇＝現人神」なのだということを知らしめる必要があったわけだ。

「吉野よく見よ　よき人よく見」天皇の息子たちへの説教!?

「現人神」と讃えられた天武天皇が、吉野離宮に行幸された時に詠んだ歌がなかなかおもしろいので紹介するね。

よき人の　よしとよく見て　よしと言ひし　吉野よく見よ　よき人よく見（1・二七）

訳：立派な人が良い所だと思ってよく見て、「よし（の）」と名づけたこの吉野を、よく見なさい。昔の立派な人はよーく見たのだ。

ここで歌われている「吉野（現在の奈良県南部一帯）」という場所は、古来霊力《れいりょく》の満ちた神聖な場所だと考えられていた。

『万葉集』には「吉野」という地名がたびたび出てくる。古くは伝説の第15代応神《おうじん》天皇が行幸を行なったり、『万葉集』の巻頭を飾る雄略天皇が吉野で狩りを楽しんだりしたという記事が『日本書紀』に載っている。

天武天皇は吉野への行幸を行なった際に、皇子たちを連れ立っている（96ページ参照）。そして彼らに呼びかけて**吉野の霊力**を感じさせ、恩恵を授かろうとしていたんだね。

天武天皇としては、壬申の乱で兄の天智天皇の子である大友皇子と争った過去があるので、自分の子供たちには肉親縁者で争ってほしくなかったのかもしれない。

特に、妻の持統皇后が天智天皇の娘ということもあって、自分の死後、天智派と天武派に分かれて戦うことだけは避けてほしかったんじゃないかな。

でも、歴史は残酷だ。天武天皇が亡くなった後、次の皇位継承をめぐって天武天皇の子供の一人である大津皇子《おおつのみこ》が謀反《むほん》の意ありと密告され、二十四歳の若さで処刑されてしまう。

「よしよしよし」と歌い、みんなで仲良くやっていけよ、と願った天武天皇の遺志とは裏腹になってしまうんだね。この話は、二章で詳しくすることにしよう。

「さわやかな初夏ってステキ」な気分になれる歌

現代の人たちにとっては理解しにくいのが、古代の天皇家における近親婚じゃないかな。

天智・天武天皇においても、天智天皇の娘四人が天武天皇の妻となっていて、四人の娘のうちの一人が**鸕野讃良皇女**《うののさららのひめみこ》、のちの**持統天皇**なんだ（「鸕野讃良皇女」よりも「持統天皇」と呼ぶほうがわかりやすいので、基本的にこの本では鸕野讃良皇女のことを持統天皇と呼ぶ）。

持統天皇は大海人皇子（天武天皇）が政争を逃れるために吉野へ逃げた時にも同行したと言われており、天武天皇の執政を陰に日向《ひなた》に支えていた。

持統天皇にとっては、父が天智天皇であり、叔父であり夫でもあるのが天武天皇と

天智・天武をめぐる複雑な人間関係

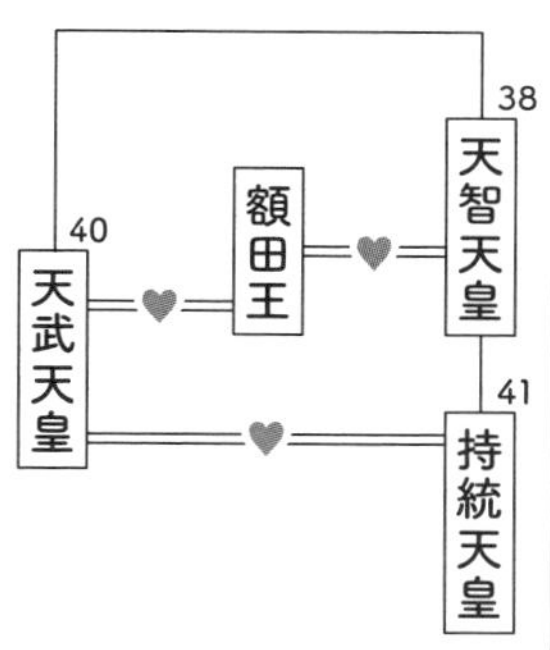

いう関係だ。

この複雑な関係から察するに、天智派と天武派の争いの真ん中に立たされ、心中穏やかではいられなかったのではないかな。

「衣干したり」か「衣ほすてふ」か——そこが問題だ!

そんな持統天皇の歌も『万葉集』には収められている。

春過ぎて　夏来《きた》るらし　白たへの　衣干《ころもほ》したり　天《あめ》の香《か》具《ぐ》山《やま》（1・二八）

訳・いつの間にか春が過ぎて夏が来るらしい。真っ白な衣を干している、天の香具山に。

「あれ？　自分の知っている歌とはちょっと違う」と思った人がいたら、なかなかの通《つう》だね。実は『小倉《おぐら》百人一首』（以降、『百人一首』はすべて『小倉百人一首』を指す）に載っているものとは、少しばかり違っているんだ。

春過ぎて　夏来《なつき》にけらし　白妙《しろたへ》の　衣《ころも》ほすてふ　天《あま》の香具山《かぐやま》（『百人一首』）

これが『百人一首』のほうの歌だ。「来るらし（＝来るらしい）」のところが「来にけらし（＝来たらしい）」、「衣干したり（＝干している）」が「衣ほすてふ（＝干すという）」に変えられている。

『万葉集』のほうは前にも紹介したように「ますらをぶり」で、直接的に見たままを詠んだ力強い表現なのに対して、『百人一首』のほうは「たをやめぶり」で、アタリがやわらかく、余情が感じられるようになっているね。

人によって好き好きだと思うけど、それぞれの良さを感じ取ってもらえると嬉しいところだ。

ちなみに、「白妙」というのは、もともと楮《こうぞ》（樹皮が和紙の原料となる低木）の類の繊維でつくった白布のこと。この歌は、初夏の「新緑」と「白い布」、そして気持ちの良い「青空」の対比がイメージされて、本当にさわやかで気持ちがいいよね。『百人一首』の第二首に採られているのも納得だ。

日本人が昔から「いいな」と思う季節感が出ていて、生命のきらめきも感じられるよね。

コラム

万葉の時代の「春秋の争い」——額田王が出した答えは？

ある時、天智天皇が内大臣藤原朝臣《あそん》（鎌足）に、春山の万花《ばんか》の艶《えん》と秋山の千葉《せんよう》の彩《いろ》、どちらが趣《おもむき》深いかをお尋ねになったことがあった。

その時、額田王が春秋の優劣を判定した歌が次の長歌だ。

少し長いけど、付き合ってね。

冬ごもり　春さり来《く》れば　鳴かざりし　鳥も来鳴《き》きぬ　咲かざりし　花も咲けれど　山をしみ　入《い》りても取らず　草深《くさぶか》み　取りても見ず　秋山の　木《こ》の葉を見ては　黄葉《もみち》をば　取りてそしのふ　青きをば　置きてそ嘆く　そこし恨《うら》めし　秋山そ我《あれ》は（1-一六）

訳：（冬ごもり）春がやってくると、鳴かなかった鳥もやってきて鳴き始める。咲いていなかった花も咲くけれど、山は木が茂っているので、入って行って花を取りもせず、また草が深いので、花を折り取って見ることもできない。（ところが秋はどうかというと）秋山の木の葉を見ては、黄色く色づいたのを手に取って賞《め》でる。まだ青い葉はそのままにして色づいていないのを惜しむ、その点だけが残念ですが、秋の山のほうが良いと私は思います。

いわゆる**「春秋の争い」**の歌だ。

そして額田王の結論は、「秋の勝ち」。

理由は、春の山は木や草が茂りすぎていて入り難く、実際に花を手に取って見ることができないが、秋の山は枯れているので紅葉を手に取って賞美できるから……というもの。ただし、まだ紅葉していない青い葉は色づくまで待たないといけないのだけが残念だけど……と続けている。

うーん、なるほど一理あるような、ないような。

✿「秋」でなければ、この名歌は生まれなかった⁉

そんな額田王には、秋を詠み込んだ名歌がある。56ページでも紹介したが、じっくり読んでみよう。

君待つと　我《あ》が恋ひ居《を》れば　我《わ》が屋戸《やど》の　簾《すだれ》動かし　秋の風吹く（4-四八八）

訳：貴方のおいでを待ちながら私が恋い慕っていると、私の家のすだれを動かして秋の風が吹く。

愛する人、つまり天智天皇のことをひたすら想いながら待ちわびていたら、かすかにすだれの音がする……あの人かしら、と心ときめかせた瞬間、秋の風のいたずらだとわかって嘆く。千々《ちぢ》に乱れる女心の動きと秋の風とをシンクロさせた素晴らしい歌だね。確かにここでは「春の風」じゃなくて「秋の夜長の風」がピッタリくる！

この「春秋の争い」については、万葉の時代から『源氏物語』を経て、その後も歌や文学でさまざまに論じられてきた、**日本の古典美のテーマの一つ**なんだ。『古今和歌集』の撰者・紀貫之はこう歌っている。

春秋に　おもひみたれて　わきかねつ　時につけつゝ　うつるこゝろは

春と秋の優劣を考えると思いが乱れて判断できない。時と場合によって春が良いか秋が良いかは心変わりする……なるほど、日本人としてはこれが素直な感想で、正解なのかもしれないね。

ただ、『拾遺和歌集《しゅうい》』に「あはれは秋ぞまされる」と詠まれたり、『源氏物語』に「春秋のあらそひに、むかしより、秋に心よする人は、数まさりけるを」と書いてあったりするところから見ると、古来「秋の勝ち」に一票を投ずる人が多かったようだ。

みなさんは、どちらに軍配を上げるかな？

ちなみに、ボク、大伴家持も春と秋の歌を詠んでいる。せっかくなので、その中から特に自信のある二首を紹介しよう。

まずは春の歌だ。

天平《てんぴやう》 勝宝《しようぼう》 二年三月一日の暮《ゆふへ》に、春苑《しゆんゑん》の桃李《たうり》の花を眺矚《てうしよく》して作る二首

春の苑《その》　紅《くれなゐ》にほふ　桃の花　下照《したで》る道に　出《い》で立つ娘子《をとめ》（19・四一三九）

訳：春の庭で紅色に美しく照り輝く桃の花、その木の下まで照り映えている道に出て佇《たたず》む少女よ。

庭園に咲き誇る桃の花があたりを紅色に染めていて、その紅色の道に少女が佇んでいる……。

鮮やかな花と、その木陰に立つ少女を取り合わせたこの歌は、口ずさめば、まるで一幅《いつぷく》の絵のようにその光景が目の前に広がる。

実はこの歌、題詞《だいし》を読んでもらえばわかるように、実際にボクが見ていたのは庭に

咲く桃の花だけ。ここに少女がいたら、美しい風景になるだろうな……と想像力をはたらかせて詠んでいるんだ。

自分の作った歌とはいえ、なかなかの名歌だと思うのだけれど、いかがだろうか。

さて、ボクが作った秋の歌も、この春の歌に負けていない。

秋さらば　見つつ偲《しの》へと　妹《いも》が植ゑし　やどのなでしこ　咲きにけるかも（3-四六四）

訳：「秋になったら、この花を見て私のことをなつかしく思い出してくださいね」と言って、いとしいあの人が植えたわが庭のなでしこの花が、もう咲いたことよ。

これは、ボクの妻（正妻ではない側室）が亡くなった時に詠んだ歌。

彼女がなでしこを植えながら、ボクに「偲《しの》へ（＝なつかしく思い出してくださいね）」と言ったのは、自分の死が近いことを予期していたんだろうね。

彼女が亡くなってから一年ほどが経ち、悲しみも少し癒えて、在りし日のことをなつかしく思い出すことができるようになった……。ちょうどその頃、なでしこの花が咲いているのを見つけ、彼女の面影を重ね合わせて、少し嬉しくもあるけれど、やはり寂しい、——そんな気持ちを詠んでいる。

ボクは自然の情景を詠むのが得意で、『万葉集』にも四季を題材に取った歌を多く収録している。この「秋さらば」の歌は、なでしこの花という自然の風物と人間の心を重ね合わせた、深い味わいを持つ歌に仕上げているんだ。

2章

王位をめぐる闘い、敗者の死！

……「陰謀」と「策略」のはざまで哀しく光る歌心

「溢れる才能」は、ときに悲劇の種に!?

天智《てんじ》天皇の没後の皇位継承をめぐる古代最大の内乱「壬申《じんしん》の乱」に勝利した天武《てんむ》天皇は、大臣を置かず「皇親政治」を始めたんだ。

そして、六七九（天武天皇八）年、后の鸕野讃良皇女《うののさららのひめみこ》（のちの持統《じとう》天皇）、天智天皇と天武天皇の六人の皇子（草壁皇子《くさかべのみこ》・大津皇子《おおつのみこ》・高市皇子《たけちのみこ》・河島皇子《かわしまのみこ》・忍壁皇子《おさかべのみこ》・志貴皇子《しきのみこ》。河島と志貴は天智の子）を伴い、吉野に行幸した。

その際、天武天皇は**「草壁皇子を次期天皇とし、異母兄弟同士、互いに助けて相争わないこと」**を誓わせた（草壁皇子は天武と持統との間の子）。

これを**「吉野の盟約」**、あるいは**「吉野の誓い」**と言う。

この「吉野の盟約」のメンバーの一人である**大津皇子**（天武天皇の第四皇子）の人

生は悲劇とも言えるんだ。大津皇子が生まれたのは、ボクが生まれる五十年くらい昔の六六三（天智天皇二）年。

現存する日本最古の漢詩集『懐風藻《かいふうそう》』において、大津皇子は容姿端麗、筋骨隆々、学問優秀、性格寛大にして自由奔放、さらに博覧強記、文章流麗、極めつきは武芸百般なんでもござれ……ちょっとボクが盛りすぎたかな……、まあ、とにかく**すべてにおいて秀でた抜群の人物**として描かれている。

しかし、異母兄の草壁皇子が六八一（天武天皇十）年に皇太子となるに及んで、大津皇子の将来に暗雲が漂い始める。次なる天皇の座をめぐって謀《はかりごと》がめぐらされ始めたんだ。

　そして、その予感は的中する。

　六八六（朱鳥元《しゆちよう》）年九月九日に天武天皇が崩御すると、わずか一カ月も経ない十月二日に大津皇子は謀反の罪で捕らえられ、磐余《いわれ》にある訳語田《おさだ》の自宅にて死刑を言い渡され自害して果てた。

　享年わずか二十四歳。

　その時の辞世の歌が次のものだ。


大津皇子《おほつのみこ》、死を被《たまは》りし時に、磐余《いはれ》の池の堤《つつみ》にして涙を流して作らす歌一首

百伝《ももづた》ふ　磐余の池に　鳴く鴨《かも》を　今日《けふ》のみ見てや　雲隠《くもがく》りなむ（3－四一六）

　訳：（百伝ふ）磐余の池に鳴いている鴨を見るのも今日限りと、私は雲の彼方に去って（死んで）行くのだろうか。

ゴッドマザーの陰謀「私の子を天皇に！」

自邸の訳語田宮で処刑されることになった大津皇子は、そこに移送される途中、磐余の池（今の奈良県桜井市。天の香具山付近か）で鳴いている鴨を見て、この辞世の歌を詠んだ。

大津皇子が涙を流して作ったというこの歌には、悲痛な響きが満ちている。

しかし、逮捕から処刑までわずか一日という中、自分の死を「雲隠りなむ」と第三者のように冷静に詠めるものだろうかという疑問があり、**偽作説**があるんだ。

というのは、「雲隠る」というのは「死ぬ」の婉曲《えんきょく》表現で、天皇や皇子などがお亡くなりになった時に用いるのが普通だけど、これを自分自身に用いることはあまりない。

また、上代文学には辞世の作はとても少ないことなどから、この歌は皇子の非業《ひごう》の死を悼んだ誰かによる仮託《かたく》の作であるという説が有力だ。

それにしてもこの大津皇子の逮捕、迅速なる処刑の裏には何か陰謀の臭いがする。

実は大津皇子の母・大田皇女《おおたのひめみこ》（天智天皇の娘）は、皇子が幼少の時に早世し、そして継母となった持統天皇には草壁皇子がいた。

つまり、大津皇子と草壁皇子とは天武天皇を父とする異母兄弟なわけだけど、大津皇子は抜群の才覚を持ち、人望も厚い……となると持統天皇は焦ったに違いない。

そして天武天皇が崩御した時、草壁皇子を次の天皇にせんがため、母の持統天皇が陰謀を企てたとしても自然な流れともいえる。

石川郎女をめぐる「恋の三角関係」

大津皇子は草壁皇子の一歳年少だった。母は違えど父は同じ天武天皇であり、当然のように幼い頃からお互いをライバル視していただろう。そして皇位継承を争うこの異母兄弟は、**石川郎女**《いしかわのいらつめ》（石川女郎とも書く）という一人の女性をめぐっても争っている。

草壁皇子は熱烈なラブレターを贈るのだけど、石川郎女は、結局、大津皇子のほうを選ぶんだ。二人の相聞歌を紹介しよう。

大津皇子《おほつのみこ》、石川郎女《いしかはのいらつめ》に贈《おく》る御歌《みうた》一首

あしひきの　山のしづくに　妹《いも》待つと　我《あれ》立ち濡《ぬ》れぬ　山のしづくに（2‐一〇七）

訳：（あしひきの）山のしずくに濡れました、貴方を待っていて立ったまま濡れました、山のしずくに。

石川郎女が和《こた》へ奉《まつ》る歌一首

我《あ》を待つと　君が濡れけむ　あしひきの　山のしづくに　ならましものを（2‐一〇八）

訳：私を待っていて貴方が濡れたという（あしひきの）山のしずくに私がなれたら貴方に寄り添えるのに。

この歌を詠み合った後、二人は結ばれた。正妃のいる大津皇子にとっては浮気になるわけだけど、バレることをあらかじめ承知のうえで関係を持ったんだ、と大津皇子は堂々と詠んでいる。政治的には非業《ひごう》の死を遂げた大津皇子だけど、恋の三角関係では大津皇子の勝利に終わったと言えるね。

巨匠ショスタコーヴィチにもインスピレーション！

大津皇子にとって草壁皇子と奪い合った石川郎女との恋は、若き日の思い出の一ページだったに違いない。そんな大津皇子には、すでに**山辺皇女**《やまのべのひめみこ》という正妃がいた。しかし、二人の結婚生活は長くは続かなかった。

まだ二十四歳にすぎない夫の大津皇子が、ある日突然、謀反の罪で捕らえられ、そして自死するまでわずか一日……。山辺皇女の受けた衝撃と混乱ぶりが『日本書紀』にはこんなふうに書かれている。

妃《みめ》皇女《ひめみこ》山辺《やまのへ》、被髪《かみをみだ》し徒跣《すあし》にして、奔赴《はしりゆ》きて殉《ともにみまか》る。見《み》る者《ひと》皆《みな》歔欷《すすりな》く。

訳：山辺皇女は、髪を振り乱して裸足で走って皇子の元に行き、殉死した。それを見た者はみな嘆き悲しんだ。

山辺皇女もこの時、二十歳を超えたくらいの若さだろう。残念ながら彼女の歌は残っていない。

でも、一九三二（昭和七）年にロシアの作曲家ショスタコーヴィチが完成させた声楽曲『日本の詩人の詩による六つのロマンス』の二曲目「自殺の前」と題された曲は、先ほど紹介した大津皇子の辞世の歌を題材に作られている。

機会があれば、大津皇子とその妃・山辺皇女の二人の悲劇の物語を思い浮かべながらじっくりと聴いてほしい。

涙なくして読めない！初代斎宮の絶唱歌

謀反の罪で捕らえられる直前、大津皇子は伊勢神宮で斎宮《さいぐう》をしている姉の**大伯皇女**《おおくのひめみこ》（「大来皇女」とも書く）に会うために下向《げこう》している。

大津皇子とこの大伯皇女とは、同じ父母を持つ姉弟で歳も近く、なんといっても幼くして実母を亡くした経験を通して、二人は気脈の通じる仲だったようだ。

ちなみに斎宮というのは、伊勢神宮に巫女として奉仕する未婚の皇女または王女のことで、古くは第10代崇神《すじん》天皇の時代からあったという話なんだけど、天皇の即位ごとに斎宮が選ばれるという制度（斎王《いつきのみこ》制度）が確立したのはこの大伯皇女からで、彼女こそ**初代の斎宮**だ。

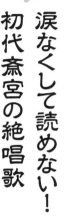

大伯皇女が斎宮となった理由は、父の天武天皇が壬申の乱で勝利したことを神に感謝するためだろうと言われている。

大津皇子が天武天皇の崩御の直後に伊勢へと下っている理由は、謀反の成功を祈るためとか、謀反の相談に行ったとか色々と言われていて、はっきりとはしない。

けれど、弟が伊勢から都へと戻る時に姉の大伯皇女が詠んだ歌は、まるで恋人に向けてのもののようだ。

大津皇子《おほつのみこ》、竊《ひそ》かに伊勢神宮《いせのかむみや》に下《くだ》りて上《のぼ》り来《く》る時に、大伯皇女《おほくのひめみこ》の作らす歌二首

我《わ》が背子《せこ》を　大和《やまと》へ遣《や》ると　さ夜《よ》ふけて　暁露《あかときつゆ》に　我《あ》が立ち濡《ぬ》れし（2-一〇五）

訳：弟の大津皇子を大和に帰し見送ろうとして、夜も更《ふ》けて暁の露に私は立ち濡れたことだ。

二人行《ふたりゆ》けど　行き過ぎ難《がた》き　秋山を　いかにか君が　ひとり越ゆらむ（2-一〇六）

訳：二人で行けども行き過ぎにくい秋山を、どうやって弟の大津皇子は独りで越えているだろうか。

「なにしか来けむ　君もあらなくに」――美しき姉弟愛！

しかし謀反は成ることなく、伊勢神宮から大和に戻った大津皇子は捕らえられ、次の日に自死させられた。

ただ、謀反の罪で皇子とともに逮捕された三十余人は、飛驒国《ひだのくに》に移配された僧と伊豆に流された一人を除き、全員が赦免《しゃめん》されている。

ここで推測されるのは、この逮捕・処刑劇はあらかじめ仕組まれた陰謀ではなかったかということ。大津皇子が死ぬことで「一件落着ーっ！」という都合の良い幕引きだ。

おそらく、大津皇子にかけられた謀反の罪というものは冤罪《えんざい》であった可能性が高い。でも、弟の悲報を聞いて駆けつけた姉の大伯皇女の嘆きは深い。

大津皇子《おほつのみこ》の薨《こう》ぜし後に、大伯皇女《おほくのひめみこ》、伊勢《いせ》の斎宮《いつきのみや》より京《みやこ》に上《のぼ》る時に作らす歌二首

神風《かむかぜ》の　伊勢《いせ》の国にも　あらましを　なにしか来《き》けむ　君もあらなくに（2－一六三）

訳：（神風の）伊勢の国にいればよかったのに、どうして来てしまったのだろう。弟の大津皇子は死んでしまってもういないのに。

見まく欲《ほ》り　我《あ》がする君も　あらなくに　なにしか来けむ　馬疲《つか》るるに（2－一六四）

訳：逢いたいと想う弟の大津皇子ももういないのに、どうして来てしまったのだろう。無駄に馬を疲れさせに来ただけなのか。

『万葉集』の中でも〝絶唱〟と言える歌

伊勢から大和までの距離は約百キロメートル。愛する弟の悲報を聞き、馬を駆って

死に物狂いで駆けつける姉……どんな想いだったのか……想像するだけで、こちらの胸が張り裂けそうだ。でも、着いた時にはすべては終わっていた。

姉の絶唱とも言える歌を紹介して、この物語は終わりにしよう。

自死した大津皇子の屍《しかばね》を葛城《かつらぎ》の二上山《ふたかみやま》に移葬した時に、大伯皇女が哀しみ悼んで作った歌だ。

うつそみの　人なる我《あれ》や　明日《あす》よりは　二上山を　弟《いろせ》と我《あ》が見む（2-一六五）

訳：死んだ弟と違ってこの世の人である私は、明日からは弟の埋葬されている二上山を弟だと思って眺めることであろうか。

多くの人が身近な肉親を亡くした経験があると思うけれど、生きていた人がある日その存在を無くした時、言いようもない虚無を感じたことがあるはずだ。それを確認し、自分を納得させるために、葬式などの儀式を通じて「死」を受け入れていくのだけど、この二人はまだ二十代前半の若者にすぎない。

あまりに早く、突然な弟の死。
心に空いた穴を埋めるために大伯皇女の考えたのは、「二上山を弟だと思って眺める」ことしかなかった。

結局、弟の死から約一カ月後の十一月十七日に斎宮職を解かれた彼女は、伊勢から退《しりぞ》き、都に帰って七〇一（大宝元）年に薨《こう》去《きょ》した。享年四十一歳。
『万葉集』に収録されている彼女の遺した歌六首は、すべて弟を想う歌だった。

天才、秀才に囲まれた凡才の悲哀

思えば、天武天皇が亡くなった六八六（朱鳥元）年の後の数十年は激動の時代だった。

ここでもう一度、天武天皇の死後、どんなことがあったかを整理しておこう。

まず、**草壁皇子**に次ぐ皇位継承権を持つと目されていた**大津皇子**が、謀反の罪で自死に追い込まれた。これは陰謀説が強いんだったね（100ページ参照）。

ところが草壁皇子は即位することなく、六八九（持統天皇三）年四月十三日に薨去した。草壁皇子の母は、十三歳で天武天皇に嫁ぎ、十八歳で草壁皇子を生み、次なる天皇への道筋を作っていた鸕野讃良皇女だ。彼女の嘆きは、想像するに余りある。

そして、天武天皇亡き後、称制《しょうせい》（先帝崩御ののち、即位式を行なっていない新帝、あるいは皇族が執政すること）していた鸕野讃良皇女は、六九〇（持統天皇四）年一月一日に正式に即位した。これぞ**持統天皇**だ。

この持統天皇の時に、「吉野の盟約」の皇子の一人で、皇位継承権は草壁、大津に次ぐ三位くらいだった**高市皇子**が太政大臣《だいじょう》に任命され、持統政権を支えたんだ。

持統天皇は天武天皇の政策を継承し、飛鳥浄御原令《あすかきよみはらりょう》を施行するなど、実際に治世を遂行した女帝として、とても優秀だったと思う。もちろん彼女を補佐した高市皇子や、人物抜群と評されたものの自死に追い込まれた大津皇子も、優秀な人物だったのは間違いなさそうだ。

「王位」を争う激動の時代

645 乙巳の変（p.52）
持統天皇生まれる
668 天智天皇即位
蒲生野での遊猟（p.66）
671 大海人皇子、出家して吉野へ
天智天皇崩御
672 壬申の乱（p.63）
673 天武天皇即位
679 吉野の盟約（p.96）
686 天武天皇崩御
大津皇子謀反
689 草壁皇子薨去
690 持統天皇即位

「影が薄いお坊ちゃん」はつらいよ

それに対して草壁皇子はどうだろう。

彼は天武天皇と持統天皇の皇子として生まれ、皇位継承権一位の座を確保しながら即位することなく若くして亡くなった。

草壁皇子の人となりがわかる史料は残されていないけれど、幼い頃から血族同士の血で血を洗う争いを見せられ、いよいよ本人が皇位継承の渦中に立たされた時、自分以上に天皇に向いている兄弟もいる中、自分が皇位に就くことをそれほど喜ばない平々凡々な人だったんじゃないかな。

『万葉集』に遺されている歌は次の一首のみ。

日並皇子尊《ひなみしのみこのみこと》、石川女郎に贈り賜《たま》ふ御歌一首

大名児《おほなこ》を　彼方野辺《をちかたのへ》に　刈る草《かや》の　束《つか》の間《あひだ》も　我《あれ》忘れめや（2-一一〇）

訳：私は大名児（貴方）のことを、向こうの野辺で草を刈った時の「一束《ひとつか》」ではないが、ほんの束の間も忘れることなどあろうか、決して忘れはしない。

ここで「日並皇子尊」というのは「草壁皇子」のことで、「大名児」は石川郎女のことだ。石川郎女をめぐる草壁皇子と大津皇子とのライバル関係については100ページでも触れたけど、石川郎女は最終的に大津皇子と恋に落ち、草壁皇子の元を去って行ってしまった。

草壁皇子は、いろんな意味で不幸な皇子であったように思うのは、ボクだけだろうか……。

「権力」ではなく、あえて「文化の道」を選んだ皇子がいた!

六七九(天武天皇八)年に天武天皇が吉野に行幸した際に、六人の皇子(草壁皇子・大津皇子・高市皇子・河島皇子・忍壁皇子・志貴皇子)に対して誓わせた**「吉野の盟約」**(96ページ参照)は、残念ながら天武天皇亡き後、守られることなく、その後も血が流されていった。

しかし、**志貴皇子**はそれに巻き込まれることはなかった。

志貴皇子は天智天皇の皇子の一人なので、壬申の乱で皇統が天武天皇側に移った時に、敗北者側の皇子として危うい立場にいた。

一歩間違えば殺される……そう考えた彼は、血なまぐさい権力争いから身を遠ざけ、**皇位とは無縁の人生**を飄々《ひょうひょう》、淡々と生きていく。

✿「石走る　垂水の上の　さわらびの……」躍動するリズム感！

『万葉集』の中でも名歌と言われる志貴皇子の歌を紹介しよう。ボクも大好きな歌だ。

石走《いはばし》る　垂水《たるみ》の上《うへ》の　さわらびの　萌《も》え出《い》づる春に　なりにけるかも（8・一四一八）

訳：岩をほとばしって流れる滝のほとりのさわらびが、芽を出す春になったことだなぁ。

巻第八の巻頭を飾るこの歌は「春の雑歌」として詠まれている。歌の内容としては、植物の萌え出ずる春の到来を喜ぶものなので、特に深い意味があるわけではないけれど、なんといってもリズムが素晴らしい。

「石走る～」という軽快なスタートを切った歌は、「垂水の」以降の「の」の三連発で頂点に達し、「萌え出づる春」で見事にイメージが完結する。

古代では、歌はまさに「歌われるもの」、つまり、声に出して詠《えい》じるものだったことを考えると、この歌は声に出して詠じてみてこそ、その価値がわかるというものだ。みなさんも一度、朗々と声に出してこの歌を詠じてみてほしい。

争わずして勝つ――現在の皇室の「祖」に！

そして、そんな志貴皇子に天は味方する。

志貴皇子の薨去から五十年以上を経た七七〇（宝亀元）年に、息子の白壁王《しらかべのおおきみ》が、なんと六十二歳で即位！　第49代**光仁天皇**《こうにん》となり、父である志貴皇子は「春日宮御宇天皇《かすがのみやしろしめししすめらみこと》」（春日宮天皇）という追尊《ついそん》（死後に天皇などの称号を贈ること）を受ける。

それは天武系の天皇が九代続いた後、不遇をかこっていた天智系からの久しぶりの天皇誕生を意味していた。

そして、この光仁天皇の息子こそ第50代**桓武天皇**《かんむ》であり、彼によって都が平安京へと遷《うつ》されたのは有名な話だ。時に七九四（延暦《えんりやく》十三）年、「鳴くよ、うぐいす平安京」だね。
その後も、第51代平城《へいぜい》、第52代嵯峨《さが》天皇へと皇位は継承され、そしてそして千年以上の時を経て明治天皇へとバトンはリレーされたんだ。つまり、**現在の皇室の祖は志貴皇子**ということだ。
「争わずして勝つ」とは、まさに志貴皇子のことを言うのかもしれないね。彼の名歌をもう一首紹介しておこう。

葦辺《あしへ》行《ゆ》く　鴨《かも》の羽《は》がひに　霜《しも》降りて　寒き夕《ゆふへ》は　大和《やまと》し思ほゆ（1・六四）

訳：葦辺を浮かんで行く鴨の翼の合わせ目に霜が降りて、寒い晩には郷里の大和が自然と思われる。

『万葉集』に収録されている歌は、おおらかで自然体のものが多い。それだけに技巧的にはそれほど凝ったものはないんだけど、志貴皇子の残した歌はどれも抒情性《じょじょう》に富み、情景が眼前にありありと映し出されるような視覚的印象を与えるものが多い。誰もが認める素晴らしい歌才を持った人物だったと言えるね。『新古今和歌集』以下の勅撰和歌集にも五首が採られているのも大納得だ。

最後に、志貴皇子の第二子・湯原王《ゆはらのおおきみ》と呼ばれる人の名歌を紹介しておこう。

吉野なる　夏実《なつみ》の川の　川淀《かはよど》に　鴨《かも》そ鳴くなる　山影《やまかげ》にして（3-三七五）

訳：吉野にある夏実の川の川淀で、鴨が鳴いているようだ、山の陰で。

この湯原王という人も、政争に巻き込まれることなく文化人として無位無官で過ごし、一生を終えた人だ。父の姿をよく見て学んでいたんだね。

天武天皇の皇子、皇女たちの大スキャンダル

さて、ここまで天武天皇亡き後の激動について見てきたわけだけれど、現代を生きるみんなには、異母きょうだいとの争いや結婚っていうのは、ややこしく思えるかもしれないね。

その〝極めつき〟みたいなエピソードがある。**高市皇子**とその妻・**但馬皇女**《たじまのひめみこ》、そして**穂積皇子**《ほづみのみこ》との関係だ。

実は、三人とも、母親は違うとはいえ、天武天皇の子供なんだ。

先述した通り、高市皇子は、草壁皇子・大津皇子に次ぐ第三の地位と考えられていて、さらに言うと、高市皇子は父の天武天皇を助け、壬申の乱で軍事の全権を担当して勝利に導いた人物だ。

そんな高市皇子の妻・但馬皇女がよりによって不倫して**「禁断の恋」**を吐露する歌を残しているんだから、大スキャンダルと言ってもいい。

但馬皇女《たぢまのひめみこ》、高市皇子《たけちのみこ》の宮に在《いま》す時に、穂積皇子《ほづみのみこ》を思ひて作らす歌一首

秋の田の　穂向《ほむ》きの寄れる　片寄りに　君に寄りなな　言痛《こちた》くありとも（2・一一四）

訳：秋の田の稲穂が片側になびいているように、ひたむきに貴方に寄り添いたい。私たちの噂はひどくても。

この歌は内容もさることながら、まず題詞に驚かされる。

但馬皇女が高市皇子の宮に愛人として住んでいた時に、天武天皇の皇子の一人、穂積皇子を好きになって作った歌というわけだからね。

そして、歌の内容は、秋の田に実る稲穂が頭を同じ方向に傾いていく姿に自分をたとえて、穂積皇子への熱愛を訴えたもの……もちろん世間はそれを噂し、非難してい

る……にもかかわらず、そんなことは気にしません、という強い気持ちを歌ったものだ。
さらに、彼女は歌う。

後《おく》れ居《ゐ》て　恋ひつつあらずは　追《お》ひ及《し》かむ　道の隈廻《くまみ》に　標結《しめゆ》へ我《わ》が背《せ》（2‐一一五）

訳：後に残って恋しがっているくらいならば、貴方を追いかけて行きましょう。道の曲り角に道しるべの印を付けておいてくださいね、愛する貴方。

この歌を詠んだ背景としては、不倫がバレて穂積皇子がお咎《とが》めを受け、二人は引き離されたのではないかという説がある。だから但馬皇女は「貴方を追いかけて行くわ」と詠んだんだね。

それにしても、当時は男性が女性の元に通う妻問い婚が普通なので、それとは逆に、女性が男性を追いかけて行くと歌うなんて、なかなか大胆な発想だ。

✿この「禁断の恋」に騒然！

「貴方のおそばにいたい」→「貴方を追いかけて行くわ」とホップ、ステップと進化した但馬皇女の穂積皇子への恋愛感情は、ジャンプして最高潮を迎える。

但馬皇女、高市皇子の宮に在す時に、竊《ひそ》かに穂積皇子に接《あ》ひ、事既《すで》に形《あら》はれて作らす歌一首

人言《ひとごと》を　繁《しげ》み言痛《こちた》み　己《おの》が世に　いまだ渡らぬ　朝川《あさかは》渡る（2-一一六）

訳：人の噂がひどくやかましいので、生まれてこのかた渡ったことのない朝川を私は渡ることだ。

題詞を読むと、「ひそかに穂積皇子に逢って関係を結び、その事がすっかりバレた

ので作った歌」というのだから、もはやこの不倫は公になってしまったものだから、後は開き直るのみ！　という感じだね。

　そして彼女の取った行動は、人生初の「朝川を渡る（＝密通する）」ことだった。

　この「朝川を渡る」の解釈をめぐっては二通りある。

　一つは、まだ夜が明けやらぬ暗い中、人目を避けて川を渡って行く、というもの。もう一つは、夜が明けた朝の光の中、人目を避けることなど気にもせず堂々と川を渡って行く、というものだ。

　前者の説が一般的なようだけど、この三首の歌の流れと但馬皇女の想いの強さから考えると、「あえて人目をはばからず、愛する人に逢いに行く」という説も、まんざらでもない気がするね。

穂積皇子が但馬皇女を悼む悲傷歌とは!?

穂積皇子は天武天皇の皇子の一人ではあったけど、高市皇子ほど高い皇位継承権はなく、持統・文武《もんむ》・元明《げんめい》天皇の下で優秀な官吏として政権を支えたのち、七一五(霊亀《れいき》元)年に四十歳を過ぎたくらいで亡くなっている。

一方の但馬皇女は、その数年前の七〇八(和銅元)年に薨じている。気がつくと二人が出逢ってから十年以上の年月が流れていた。穂積皇子は、但馬皇女が薨じた年の冬、雪の降る日に彼女の御墓のほうを遠く望んで、こんな悲傷歌を詠んでいる。

降る雪は　あはにな降りそ　吉隠《よなばり》の　猪養《ゐかひ》の岡《をか》の　寒からまくに(2・二〇三)

訳:降る雪よ、そんなにたくさん降るな、但馬皇女の眠る吉隠の猪養の岡が寒かろうから。

若かりし頃、非難する周りの目を気にせず大胆に愛し合った二人。でも、もう彼女はこの世にいない……。

実は、穂積皇子は但馬皇女との不倫事件の後、**大伴坂上郎女**《おおとものさかのうえのいらつめ》と結婚しているんだ。なんと当時の彼女は、まだ十代半ばの若さ!!

でも、二人の結婚生活はわずか数年しか続かず、穂積皇子の死で終わりを告げる。若くして夫を失った坂上郎女は再婚するも、再び夫が亡くなるという不運に見舞われる。

そして、大宰府にいる異母兄であるボクの父・大伴旅人《たびと》のところに来て、まだ幼かったボクの世話などをしながら、「筑紫《つくし》歌《か》壇《だん》」で活躍するんだ（168ページ参照）。

なぜ柿本人麻呂は高市皇子に「最大の長歌」を捧げた？

六九六（持統天皇十）年七月、高市皇子は薨去する。但馬皇女が薨じる十年以上も前のことだ。実のところ、二人は異母兄妹の関係だったので、結婚していたのか、それとも年上の兄である高市皇子が妹の但馬皇女を養っていたのか、詳しいところはわかっていない。だから、但馬皇女と穂積皇子の関係も、本当の意味での不倫だったのかどうかは不明なんだ。

ボクがバラバラの時期に詠まれた但馬皇女の歌を、あえて連続して三首並べておいた（2‐一一四〜一一六）のも、**万葉の時代の皇子・皇女たちの「ドラマチックな恋愛」**をみんなにいろいろと想像して読んでほしかったからだ。

いずれにせよ月日は過ぎ、壬申の乱を勝利に導いた高市皇子は薨去した。彼の遺体を安置し、別れを惜しむ葬儀儀礼である殯《あらき》の時に、**柿本人麻呂《かきのもとのひとまろ》によって詠まれた挽歌**は、全百四十九句に及ぶもので、『万葉集』中、最大の長歌だ（2‐一九九）。

その内容をかいつまんで紹介すると、語られるのは、天武天皇を助けて高市皇子が壬申の乱で戦った時の勇ましい姿と、その後の朝政における活躍の様子だ。これだけの長歌を人麻呂は、ほぼ一気呵《か》成《せい》に詠んでいる。

こんな思い入れの深い歌を詠んでいるところから考えて、おそらく人麻呂と高市皇子とは親交があったのではないかと思うんだ。

長歌の後に付けられている二つの短歌のうち一つを紹介しよう。

ひさかたの　天《あめ》知らしぬる　君故《きみゆゑ》に　日月《ひつき》も知らず　恋ひ渡るかも（2-二〇〇）

訳：（ひさかたの）天を治めに昇天されてしまわれた皇子ゆえに、月日の経つのもわからないほど、お慕い続けています。

「超セレブな長屋王」と「藤原四兄弟」の対立

長屋王《ながやおう》は、前項でも紹介した高市皇子（119ページ参照）の長男（母親は天智天皇の娘）で、草壁皇子と元明天皇の娘の吉備内親王《きびのないしんのう》を妻とする、一流の血筋の人物だ。

長ずるに及んで朝廷内で順調に出世し、四十歳前後で大納言《だいなごん》、最終的には右大臣にまで上り詰めている。当時は元明・元正《げんしょう》天皇と二代続く女帝の時代だったんだけど、長屋王を中心とした、天皇と皇族を主体とする皇親政治が行なわれていたんだ。

しかし時代は移り、**「聖武《しょうむ》天皇の正妃・光明子《こうみょうし》の立后をもくろむ藤原四兄弟連合」vs「それに反対する長屋王とその仲間たち」**という図式の中、勢力を増してきた藤原四兄弟によって長屋王は追い詰められ、七二九（天平元）年、罪を着せられて自害して果てた（長屋王の変）。

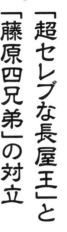

サラブレッド長屋王VS藤原四兄弟

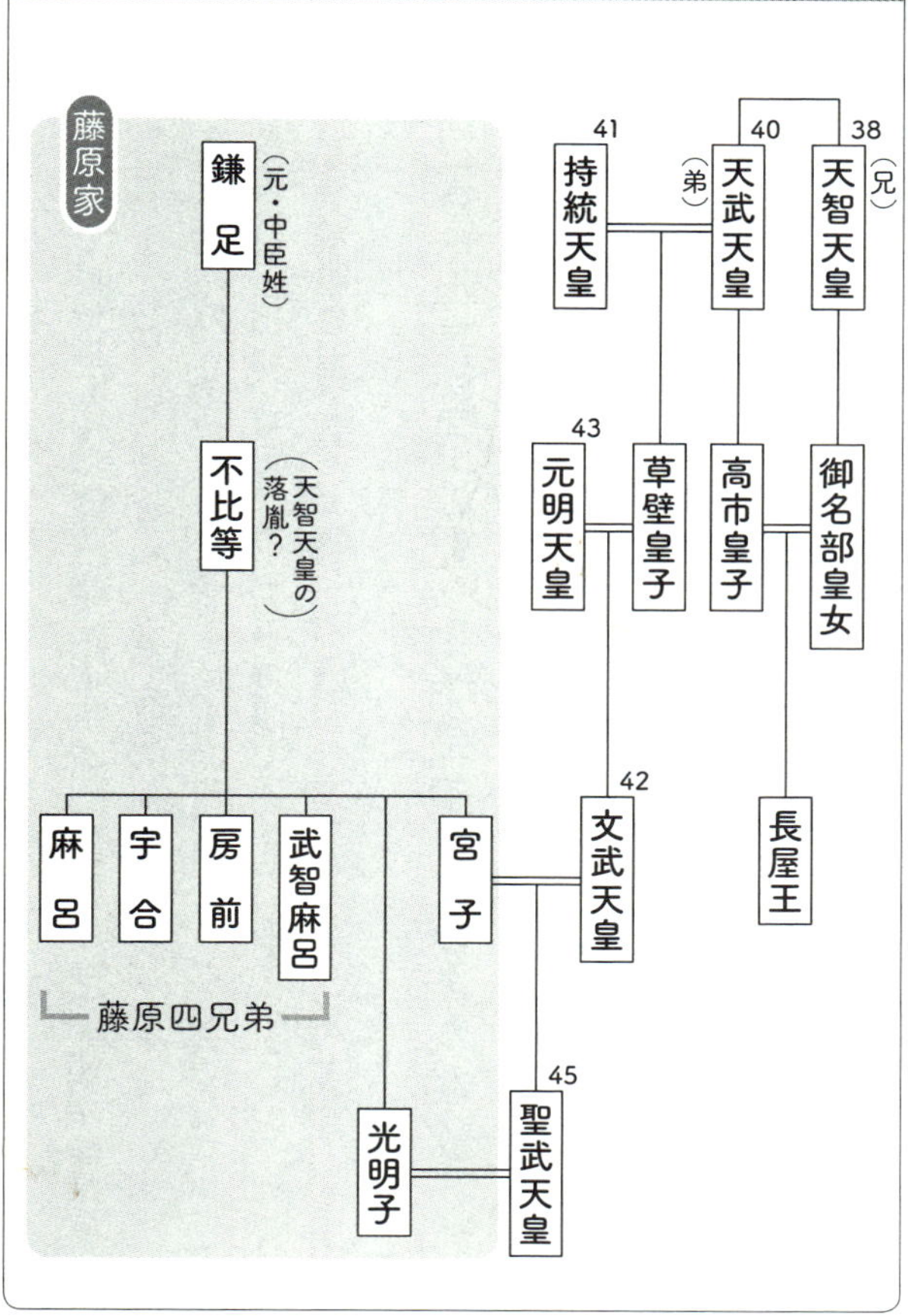

この時、妻の吉備内親王と四人の息子たちは、後を追うように自ら果てたんだ。長屋王の自殺後、藤原四兄弟は異母妹で聖武天皇の正妃であった光明子を皇后に立てた（光明皇后）。これは、皇族以外から立后する初の例だった。

しかし、念願の藤原四兄弟政権を樹立したのも束の間、七三七（天平九）年に**天然痘**《てんねんとう》により四人全員、病死してしまった……。世間では、この四人のあいつぐ死は、無実の長屋王一族を自殺に追い込んだ祟《たた》りだと噂したようだ。

一族自害！「長屋王の変」を予見するかのような歌

長屋王の人となりについては、残されている文献によって、描かれ方にかなり違いがある。

日本最古の説話集『日本霊異記《にほんりょういき》』においては、極悪非道な人物だから仏罰が下って殺されたのだと書かれている。一方で、東京ドームの約三分の二にあたる三万平方メートルにも及ぶ大邸宅を築き、ここに貴族や文人たちを招いてサロンを形成し、詩宴をたびたび開催するなど、文化人的な面も持っていた。このサロンに集《つど》った人々によって『万葉集』の巻第一・二が編纂されたという説もあるくらいだ。

長屋王は『万葉集』に五首の歌を残している。

そのうちの一つであるこの歌は、秋の情景を詠んだ歌だ。

味酒《うまさけ》　三輪《みわ》の祝《はふり》が　山照《て》らす　秋の黄葉《もみち》の　散らまく惜《を》しも（8-一五一七）

訳：（うまさけ）神が降臨する三輪の山を美しく照らす、秋の紅葉が散るのが惜しいことよ。

「うまさけ」は78ページで述べた通り、「三輪」を導く枕詞だ。

美しく色づく三輪山を見て、紅葉が散っていくのを惜しんだ長屋王。その後、長屋王自身も政争に敗れて散っていく運命であることを思うと、なんとも切ない。

なお大邸宅であった長屋王邸は「長屋王の変」の後、朝廷に没収され、のちに光明皇后の宮になっている。

長屋王夫妻は生駒《いこま》山（奈良県生駒市と大阪府東大阪市にまたがる山）に葬られた。

「大仏にお金を使いすぎちゃった！」聖武天皇と人心の離反

ボクがまだ弱冠二十歳くらいの頃にお仕えしたのが、**聖武天皇**だ。七二四（神亀《じんき》元）年に二十四歳で即位した聖武天皇だけど、父親は文武天皇、母親は藤原不比等《ふひと》の娘・宮子《みやこ》だ。即位して間もなく七二九（天平元）年には、不比等の四人の息子たちが政敵の長屋王を追い落として政権を握り、藤原南家《なんけ》・北家《ほっけ》・式家《しきけ》・京家《きょうけ》を着々と開いていった。

聖武天皇の皇后も不比等の娘（光明子）であり、藤原氏が天皇の外戚《がいせき》として地歩《ちほ》を固めていっていたんだね。

次の歌は、長屋王の邸《やしき》で酒宴があった時に、聖武天皇が詠んだ歌だ。

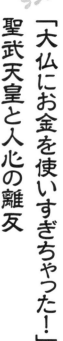

あをによし　奈良《なら》の山なる　黒木もち　造れる室は　座《ま》せど飽《あ》かぬかも（8-一六三八）

訳：（あをによし）奈良の山にある黒木で造ったこの室は、いつまで居ても飽きないことだ。

せっかく聖武天皇に褒められた美しい自邸を造っていた長屋王だけど、この後しばらくして藤原四兄弟に追い詰められて自害して果てる（128ページ参照）。

聖武天皇の治世は、地震が起きたり疫病が流行したりして政情は安定しなかった。

そうした中、聖武天皇は遷都を実行する。約十年の間に平城京から恭仁《くに》京、難波宮《なにわのみや》、そして紫香楽宮《しがらきのみや》を経て平城京に戻るという目まぐるしさだった。

聖武天皇は、数々の災いを振り払うためもあって仏教に深く帰依《きえ》し、諸寺院を建立《こんりゅう》したんだけど、その中で、なんといっても有名なのは「奈良の大仏さま」として親しまれている東大寺の大仏さまだね。

国家的大イベント「開眼供養」の歌がなぜ収録されていない？

「大きいことはいいことだ！」とばかりに造立《ぞうりゅう》された大仏さまは、高さ約十六メートル（現存するものは約十五メートル）にも及ぶもので、聖武天皇が発願《ほつがん》してから十年近く経って完成し、七五二（天平勝宝《しょうほう》四）年四月九日に開眼供養《かいげんくよう》の儀式が行なわれた。巨大な大仏さまの姿は、見る人を圧倒して驚かせたものだ。

でも不思議なことに、**大仏さまの開眼供養のことを詠んだ歌は『万葉集』には一首も残されていない。**

ただ、ボクが詠んだ次の歌は、大仏さまの完成に関係のあるものだ。

天皇《すめろき》の　御代《みよ》栄《さか》えむと　東《あづま》なる　陸奥山《みちのくやま》に　金花《くがね》咲く（18・四〇九七）

訳：天皇の御代が栄えるであろうと、東国にある陸奥国《むつのくに》の山に黄金の花が咲きました。

実は大仏が完成に近づいた頃、像に鍍金《ときん》（めっき）するための金《きん》が国内になくてどうしようかと困っていたところ、陸奥国の山から金が産出したとの知らせが入ったんだ。

聖武天皇は大喜び。そこでボク、大伴家持は、この歌を詠んだわけだ。

そして、やっと大仏さまは神々《こうごう》しく完成。万々歳……とはいかなかった。

確かに、大仏さまは神々しく霊験《れいげん》あらたかな存在ではあったけれど、東大寺をはじめとして諸寺院を建立するのにお金を使いすぎて、国家財政は窮乏してしまう。

大仏さまに使われた金は約四百キロとも言われる。重さは約二百五十トン、台座だけでも約百三十トン。光り輝く大仏さまを造るために、今のお金に換算して数千億円はかかったと言われているし、それを収める大仏殿だって負けず劣らず巨大な建築物なんだから、それを造る民たちの労力も大変なものだったに違いない。

大仏さまを祝う歌が『万葉集』に載っていない理由は……、察してもらえるかな。

「聖武天皇の血筋」はなぜ途絶えてしまったのか？

聖武天皇は大仏の開眼供養が終わった二年ほどのちに、唐僧の**鑑真**《がんじん》を東大寺に迎えている。

鑑真といえば、苦節十二年、日本への渡海に五回も失敗したのち、失明さえも乗り越えて仏教の戒律を日本に伝え、唐招提寺《とうしょうだいじ》を開いた律《りつ》宗の開祖として有名な高僧だね。

仏法のためなら命を惜しまないという強い覚悟のもとに、苦難を乗り越えて日本にやってきた素晴らしいお坊さんだ。ちなみに唐招提寺にある「鑑真和上坐像《わじょうざぞう》」は国宝に指定されている。

そんな尊いお坊さんを迎え、東大寺に戒壇《かいだん》を設けた信心深い聖武天皇だけど、開眼供養の三年前には皇太子（実は娘なので女性皇太子）に譲位して**史上初の男帝の太上《だじょう》天皇**（上皇）になっていて、五十六歳で崩御したんだ。

あとを継いだのは女性皇太子だった第46代**孝謙《こうけん》天皇**（のちに重祚して第48代称徳《しょうとく》天皇）だ。残念ながら聖武天皇と光明皇后との間には男の子が育たず、娘に白羽の矢が立った。そして天皇となったがゆえに孝謙天皇は生涯独身を余儀なくされて、ここで聖武天皇の血筋が絶えてしまったんだ。

エポック・メイキング！皇族以外から初の皇后に

さて、聖武天皇の皇后である**光明皇后**は、藤原不比等の娘であり、前述した通り皇族以外から立后する先例を開いた女性だ。彼女以後、藤原氏の子女が次々と皇后になっていくのだから、「エポック・メイキングな女性」と言える。

ただ、皇后になるまでの、その道のりは決して平坦なものではなかった。

というのも、彼女が立后する前、光明子と呼ばれていた頃は、あの高市皇子（天武天皇の息子。119ページ参照）の息子で、皇親勢力を代表する**長屋王**が政権を担っていた。彼は光明子の背後にいる藤原氏の台頭を恐れて、光明子が立后することに強く反対していたんだ。

しかし、光明子の異母兄である藤原四兄弟が策略をめぐらして長屋王を追い詰めた

結果、彼は自害して果てた（長屋王の変）。こうして七二九（天平元）年に、**光明子は非皇族として初めて立后**されたんだ。

　ところが疫病が流行し、光明子の後ろ盾だった藤原四兄弟が七三七（天平九）年に全員病死するという事態に見舞われ、さらにその三年後には九州の大宰府で藤原広嗣《ひろつぐ》の乱が起こっている。

　光明皇后の歌は『万葉集』に四首採られているけど、歌人としてよりも書家として有名なんだ。作品には『楽毅論《がっきろん》』や『杜家《とか》立成雑書要略《りっせいざつしょようりゃく》』などがあり、それらは正倉院《しょうそういん》に収蔵されている。

　『楽毅論』は、もともとは中国東晋《とうしん》時代の王羲之《おうぎし》の作品であり、彼は当時の日本ではナンバーワンの書家とみなされ、みんながお手本とした。それを光明皇后が臨書《りんしょ》（手本を見ながら書を書くこと）したものだ。

残されている光明皇后の書は、紙に食い込むくらい筆力が強く、生気に満ちた躍動感溢れる作品に見える。光明皇后の意志の強さがうかがわれる名品だ。

藤原一族の期待を背負って！　光明皇后の奮闘

光明皇后は、やっと手に入れたファーストレディーとしての地位を謳歌《おうか》したいところだったけど、聖武天皇との間に生まれた男の子は不幸にも早世《そうせい》してしまった。そこで、代わりに長女の阿倍内親王《あべのないしんのう》を女性初の皇太子にしたところ、周りの猛反発を受けて国政は大混乱……。

そんな中、大仏造立に精魂を傾けていた聖武天皇は病気になり、譲位。

阿倍内親王が孝謙天皇として即位するも、いろいろあって国政はさらに混乱……。

うーん、彼女の前半生も波乱に富んでいたけれど、どうやら後半生も前途多難。

しかし、気を取り直した彼女は、しっかりせねばと自らが政治の前面に立ち、諸改革に着手した。仏教に深く帰依していた光明皇后は、興福寺五重塔・法華寺《ほっけじ》・新薬師寺など多くの寺院を建立し、また貧しい人に施しをする「悲田院《ひでん》」や、同じく医療を施す「施薬院《せやく》」などの施設を設けて慈善を行なった。

さしずめ、日本版ナイチンゲールか、マザー・テレサと言える存在だ。

心優しい彼女は、甥《おい》っ子が遣唐使のトップ・遣唐大使に選ばれた時、航海の無事を祈って、こんな歌を詠んでいる。入唐《にっとう》する藤原清河《きよかわ》は光明皇后の甥っ子だけど、彼女は国母《こくも》の立場から「我子《あご》」と呼んでいるんだ。

大船《おほぶね》に　ま梶《かぢ》しじ貫《ぬ》き　この我子《あご》を　唐国《からくに》へ遣《や》る　斎《いは》へ神たち（19-四二四〇）

訳：大船に梶をたくさん取り付けてやり、このいとしいわが子を唐へ遣わします。守らせたまえ、神々よ。

「正倉院の始まり」は聖武天皇の遺品から

光明皇后には、こんな逸話が残っている。

光明皇后が自ら千人の病人の身体を洗う誓願《せいがん》を立て、実行した。九百九十九人を洗い終え、いよいよ千人目、という時に現われたのがハンセン病の患者だった。しかも身体を洗うだけでなく、背中の膿《うみ》を吸って治してほしいと光明皇后に願った。

皇后はためらうことなくその願いを受け入れ、自ら病人の膿を吸ったところ、実はその病人は阿閦如来《あしゅくにょらい》さまであったというお話だ。

最後に、光明皇后が先に崩じた聖武天皇に奉《たてまつ》った歌を紹介しよう。

我《わ》が背子《せこ》と　二人《ふたり》見ませば　いくばくか　この降る雪の　嬉《うれ》しからまし（8―一六五八）

訳：愛する大君と二人で見たとしたら、どんなにかこの降る雪が嬉しく思えたことでしょうか。

愛する人が亡くなった後、多くの人が同じような感慨を抱くだろう。今まで当たり前のように隣にあった存在がいなくなった時、心にポッカリと空いた穴を埋めることは難しい。

それを少しずつでも埋めるために、人は歌を詠み、言葉にすがるんじゃないかな。

七五六（天平勝宝八）年に聖武天皇が崩じたのち、光明皇后はその四十九日に天皇の遺品などを東大寺に寄進した。これが、かの有名な**正倉院**の始まりなんだ。

コラム

天智天皇VS聖武天皇――歌のデキはどちらが上!?

聖武天皇は、天武天皇と持統天皇夫妻の「男子直系のひ孫」にあたるのだけど、その天武天皇は『百人一首』に歌が採られていない。逆に、天智天皇の歌は『百人一首』の一番だ。

そう考えると、「天智VS天武」の図式があって、天武天皇の血筋であったがゆえに聖武天皇の歌が『百人一首』に採られなかったという推測は、まんざらハズレとは思えないところだ。

『百人一首』の一番、天智天皇の歌は、みんなも知っていると思う。

秋《あき》の田《た》の　かりほの庵《いほ》の　とまをあらみ　我《わ》が衣手《ころもで》は　露《つゆ》にぬれつつ（『後撰和歌集』『百人

一首』）

訳：秋の田のほとりに建てられた仮小屋は、屋根の苫の網の目があらいので、そこに籠《こ》もって番をしている私の袖は、夜露で濡れてしまっているよ。

この歌は天智天皇の作ではないと言われているし、名歌というほどのデキでもない。そもそも天皇が、仮小屋で夜露に濡れながら独りで刈り取られた稲穂の番をしているという情景もしっくりこない……よね。

それなのに、この歌を一番に持ってきているのは、ひとえに大化の改新を成し遂げた天智天皇への敬意からだろう。天皇が、苦労している農民の気持ちを代弁している姿をアピールしたかったのかもしれない。

ちなみに、『万葉集』に載っている正真正銘の天智天皇作の歌としては、次のものが優れているとボクは思うよ。

わたつみの　豊旗雲《とよはたくも》に　入日《いりひ》見し　今夜《こよひ》の月夜《つくよ》　さやけかりこそ（１‐一五）

訳：大海原に浮かぶ、豊かに旗のようにたなびく雲に入り日がさしている。今夜の月はさわやかであってほしい。

空に浮かぶ長大な層積雲《そうせきうん》（灰色、または白みがかった雲塊《うんかい》が層状をなして集まった雲）が、大きな旗のように大海原にたなびいている眼前の情景を詠み、今宵《こよい》の月がさわやかに輝いてほしいと願う気持ちを言葉に託している。一種の「言霊」信仰だね。男性的で雄大な万葉調を代表する、悠然たる風格のある歌だ。

一方、『万葉集』巻第六にある聖武天皇の歌を一首見てみよう。

妹《いも》に恋ひ　吾《あが》の松原　見渡せば　潮干《しほひ》の潟《かた》に　鶴《たづ》鳴き渡る（6－一〇三〇）

訳：妻を恋しく想って逢える日を私が待つ、その「吾《あ》が待つ」にちなむ吾《あが》の松原を見渡すと、潮干潟に鶴が鳴き渡ってゆく。

この歌は『新古今和歌集』において、題詞で「天平十二年十月《かみなづき》、伊勢国に行幸し給

ひける時　聖武天皇御歌」とあり、聖武天皇が東国巡幸の折に光明皇后のことを想って詠んだものとされている。

鶴は妻を慕って鳴くと言われているのを踏まえて詠んだもので、「吾が待つ」を掛詞的に使うなど技巧も凝らしていて、なかなかのデキだと思うのだけど、どうだろうか。

歌の出来不出来ではなく、別の理由で『百人一首』に不採用というならば、聖武天皇の歌が載っていないのは、ちょっとかわいそうな気もしてくるね。撰者の藤原定家《ていか》氏に、このあたりの裏事情を尋ねてみたいところだ。

3章

望郷の想い、愛する者たちへの想い

……大伴旅人、山上憶良が集った「筑紫歌壇」とは？

大伴旅人を有名にした「酒を讃むる歌」

ボクの父・**大伴旅人**《おおとものたびと》が大宰帥《だざいのそち》として赴任した時（七二七〈神亀四〉年頃）、そこには歌才を持った人たちがたくさんいたんだ。

『万葉集』に収められる歌を詠んだ人だけでも、山上憶良《やまのうえのおくら》、沙弥満誓《さみまんぜい》、小野老《おののおゆ》、大伴坂上郎女《さかのうえのいらつめ》など多士済々のメンバーがいて、のちに**「筑紫歌壇《つくしかだん》」**を形成した。

このうち、小野老が大宰少弐《しょうに》として着任してきたことを祝う饗宴《きょうえん》で、小野老自らが詠んだ有名な歌がある。

あをによし　奈良《なら》の都は　咲く花の　薫《にほ》ふがごとく　今盛りなり（3-三二八）

訳：（あをによし）奈良の都は、咲く花が色あざやかで爛漫《らんまん》たるように今まっ盛りだ。

この宴席には都落ちしたメンバーが多数いただろうから、小野老がこの歌を詠んだ時、都の美しい景色を思い出して望郷の念に駆られ、みんな涙したに違いない。

この歌に続いて詠まれた歌の中で、旅人は「もう二度と奈良には生きて帰れないかもしれない」と弱気なことを詠んでいる。

「筑紫歌壇」の中心人物・旅人は無類の大酒飲み！

その「筑紫歌壇」の中心人物だった旅人は、『万葉集』に確実なところで五十首以上も撰出されている、なかなか優秀な歌人だ。ちなみに断っておくけど、父親だからってボクがひいきしたわけではないからね……。

なんと言っても彼を有名にしたのは**「酒を讃《ほ》むる歌十三首」**だろう。そのうち二首を紹介しよう。

験《しるし》なき　物を思はずは　一坏《ひとつき》の　濁《にご》れる酒を　飲むべくあるらし（3‐三三八）

訳：役に立たないもの想いをするくらいならば、一杯の濁っている酒を飲むほうがましだろう。

なかなかに　人とあらずは　酒壺《さかつほ》に　成りにてしかも　酒に染《し》みなむ（3‐三四三）

訳：中途半端に人として生きているくらいならば、酒壺になってしまいたい、そして酒に存分に浸ろう。

ボクの父・旅人は酒をこよなく愛した人として知られるけれど、「酒壺になりたい」とまで詠むくらいだから、相当な大酒飲みだ。

ただ最初の歌の中に「濁れる酒」とあるのは、中国で「濁り酒」のことを「賢人」

と呼んでいたことを踏まえたものだ。

ただの大酒飲みではなく、**「竹林の七賢《しちけん》」**を意識していたのかもしれないね。

「竹林の七賢」は中国の魏《ぎ》・晋《しん》の時代に、俗世間を離れて、竹林に隠遁《いんとん》し、酒を飲み、琴を弾きながら清談したと言われる七人の賢者たちのこと。

もしかしたら、父・旅人は、左遷されて僻地《へきち》である大宰府にいる状況を、政治に抵抗して山野に籠もったとも言われる「竹林の七賢」に重ねていたのかもしれない。

✿「こざかしいふりをして酒を飲まない人は猿に似ている」!?

父の酒好きは過度とも言えるものだった。

「黙って利口ぶっているよりは、酒を飲んで酔っ払って泣き言を言うほうがいい（3-三五〇）」というくらいなら、大酒飲みの人には嬉しい話だけど、次の歌はちょっと問題かも。

あな醜《みにく》　賢《さか》しらをすと　酒飲まぬ　人をよく見ば　猿《さる》にかも似る（3-三四四）

訳：ああみっともない、こざかしいふりをして酒を飲まない人をよく見てみると猿に似ているぞ。

ここまで下戸《げこ》をこきおろしているのは、ちょっと行きすぎかな。今なら〝アルハラ〟で訴えられるレベルだ。

「なんでオレが左遷」――「宮仕え」はつらいよ

でも、父のこうした言動にはちょっとしたワケがあるんだ。

実は、当時すでに朝廷で正三位《しょうさんみ》にまで出世し、還暦を超えていた父が、大宰帥として赴任したのは左遷とも言える人事で、どうやらそれは、前章でも書いた「藤原四兄弟」によるもののようだ（旅人が大宰帥として赴任した後、七二九〈天平元〉年に「長屋王《ながやおう》の変」が起きている）。

だから父も、お酒を飲んでストレスを発散していたのかもしれない。

いつの世も、宮仕えはつらいものだ。ただ、そのおかげで筑紫歌壇が形成されたのだから、「不幸中の幸い」と言えなくもないよね。

「齢六十のやもめ鳥」の嘆き

父・旅人を襲った不幸は、左遷だけではなかった。

最愛の妻（ボクにとっては継母）を筑紫の地で亡くしてしまったんだ。そして、さらに追い打ちをかけるように、都から肉親の訃報《ふほう》を受け取ってしまう。

「大宰帥大伴旅人卿《きょう》が凶報を受け、これに応えた歌一首」という説明の後に載せられている巻第五の巻頭の歌は、痛切を極めている。

世の中は　空《むな》しきものと　知る時し　いよよますます　悲しかりけり（5-七九三）

訳：世の中はむなしいものだと知った時に、いよいよますます悲しいことだなぁ。

この歌の直後に漢文で書かれた文章が続いている。その一部を紹介しよう。

偕老要期《かいらうえうご》に違《たが》ひ、独飛半路《どくひはんろ》に生《い》かむとは。……断腸《だんちやう》の哀《かな》しびいよいよ痛《あへがた》く……。

訳：偕老同穴《かいろうどうけつ》の誓いもむなしく、やもめ鳥のように人生半ばにして連れにはぐれようとは……断腸の哀しみはますます切なく……。

「偕老同穴」という故事成語の意味は、「夫婦がともに暮らして老いていき、死んだ後は同じ墓穴に葬られること」で、夫婦の絆が非常に固いことのたとえとして用いられる。

旅人は妻を伴って大宰府へと下ったのだけれど、赴任後まもなくその妻を亡くした。齢《よわい》六十を過ぎ、しかも都から遠く離れた赴任地で長年連れ添ってきた妻を亡くして「やもめ鳥」となった嘆きは大きいものだった。

辛酸を舐め尽くした果てにたどり着いた境地とは？

この漢文は旅人が書いたものではなく、おそらく部下の山上憶良が旅人の立場に立って書いたものだと考えられているけど、旅人の真情を見事に吐露した名文に仕上がっている。

こうして人生の辛酸《しんさん》を舐《な》めた旅人だからこそ、酒を飲み、清談する隠者としての「竹林の七賢」にあこがれ、残りの人生を「歌」と「酒」に捧げるようになったに違いない。そして、吹っきれたようにこんな歌を詠んでいる。

生ける者《ひと》　遂《つひ》にも死ぬる　ものにあれば　この世にある間《ま》は　楽しくをあらな（3-三四九）

訳：生きている者はいずれは死ぬと決まっているのだから、この世にいる間は楽しく暮らそうぜ。

人生を達観した果ての享楽主義とでも呼べばいいのか。
この歌を詠んだ後、旅人は帰京を果たすものの、翌年に六十七歳で亡くなっている。最終官位は大納言従二位《だいなごんじゅにい》、今でいうところの大臣に相当する地位だ。苦労の果てではあるけれど、なかなかの出世ではあった……合掌。

社会派歌人・山上憶良の「大酒飲みにからまれた宴」から逃げる歌

さて、前に紹介した小野老の赴任を祝う饗宴には「貧窮問答歌《ひんきゅうもんどうか》」で有名な**山上憶良**も同席していた。

憶良は、奈良時代を代表する歌人として評価が高く、『万葉集』にはおよそ八十首が収載されている。

次に紹介する彼の代表歌は、先ほどの小野老の歌に続けてみんなが詠んだ十首の最後であり、前に紹介した大伴旅人の「酒を讃むる歌十三首」の直前に並べられているものだ。

憶良《おくら》らは　今は罷《まか》らむ　子泣くらむ　それその母も　我《あ》を待つらむそ（3-三三七）

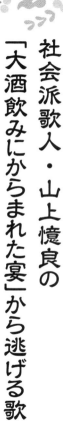

訳：私、山上憶良は、もうおいとまいたします。今頃、家では子供が泣いているでしょう。その母親も私を待っているでしょうから。

宴もたけなわになり、「まあ飲め飲め」と酒を勧められる中、内心家族のことが気になりつつもなかなか帰ることができず、困っている憶良の気持ちがよく表われている歌だ。

といってもこの時、憶良はすでに七十歳くらいだから、子供が泣くような歳ではないはずで、退出するための単なる口実の歌だったのかもね。

憶良の出自は正確にはわからないけど、どうやら百済《くだら》で生まれ、百済が滅亡した時に、父親とともに幼い身で日本に亡命してきたと言われている。そのため身分は低く、四十歳くらいまで下級官人として働いていたようだ。

ところが**遣唐使**に選ばれ、最新の学問を学んで日本に戻ってからは出世して、最終的には筑前守《ちくぜんのかみ》（今の福岡県北西部の国司）に任ぜられた。そして、そこで大宰帥であったボクの父・旅人に出会い、「筑紫歌壇」のメンバーとなったんだ。なんとも運命

的な出会いだね。

さすが苦労人！「視点が庶民的」な憶良の貧窮問答歌

憶良は、生まれ育ちなども含めて若い頃から苦労続きの人生だった。官人としても不遇の時代が長かったこともあって、**視点が庶民的**で、貧しい農民や自らの家族に対して優しいまなざしをそそぎ、**愛情に満ちた歌**をたくさん詠んでいる。

次の歌は、子供が大好きな憶良の歌として有名なものだ。子供を持つ親なら共感できる実感のこもった歌だね。

銀《しろかね》も　金《くがね》も玉も　なにせむに　優《まさ》れる宝　子に及《し》かめやも（5-八〇三）

訳：銀も金も珠玉もどれほどのものか、子供にまさる優れた宝はないだろう。

父の旅人が憶良に出会った頃、ちょうど父は後妻（ボクの継母）を亡くしたタイミングで、二人はお互いに影響し合いながら「人間とは何か、生きるとはどういうことか」ということをテーマに、真剣に歌を詠んだんだ。

有名な「貧窮問答歌」の一部と、その直後に添えられている和歌一首を紹介しよう。

風交《かぜま》じり　雨降る夜《よ》の　雨交《ま》じり　雪降る夜《よ》は　すべもなく　寒くしあれば　堅《かた》塩《しほ》を　取りつづしろひ　糟湯酒《かすゆざけ》　うちすすろひて　しはぶかひ　鼻びしびしに　然《しか》とあらぬ　ひげ掻《か》き撫《な》でて　我《あれ》を除《お》きて　人はあらじと　誇《ほこ》ろへど　寒くしあれば　麻衾《あさぶすま》　引き被《かがふ》り　布肩衣《ぬのかたぎぬ》　有りのことごと　着襲《きそ》へども　寒き夜《よ》すらを　我《われ》よりも　貧《まづ》しき人の　父母《ちちはは》は　飢《う》ゑ寒《こ》ゆらむ　妻子《めこ》どもは　乞《こ》ふ乞ふ泣くらむ　この時は　いかにしつつか　汝《な》が世は渡る　…………。かくばかり　すべなきものか

世の中の道（5 - 八九二）

訳：風に交じって雨が降る晩。雨に交じって雪の降る晩。どうしようもなく寒いので、堅塩を少しずつ取って食べ、糟湯酒をすすり続けて咳《せ》き込んで、鼻汁すすり、ろくに生えてもいないひげを掻きなでては、私ほどの人物はおるまいと威張ってはみるが、寒いので麻の夜具を引きかぶって、粗末な肩衣など、あるものを全部着重ねても寒い晩だというのに、私よりも貧しい人の父母は飢え寒がっているだろう。妻や子は物をせがんで泣いているだろう。こんな時は、どうやってお前は世渡りをするか。…………。こんなにも、どうしようもなくつらく苦しいものなのか、世の中の道理というものは。

世の中を　憂《う》しとやさしと　思へども　飛び立ちかねつ　鳥にしあらねば（5 - 八九三）

訳：世の中のことを、つらいとも、耐え難いとも思うけれど、どこかに飛び立つこともできかねる、私は鳥ではないので。

「貧窮問答歌」は「こんなにも、つらく苦しいものなのか、世の中の道というものは」という叫びにも似た言葉で終わっている。

この長歌は、現代語訳が必要ないくらい、読んでいて貧しい様子がひしひしと伝わってくるものだね。そしてダメ押しのようにその後に続く和歌で、どうにもならない人の世を嘆いている。

「男子たるものが、むなしく終わっていいのだろうか」

そんな山上憶良が重い病にかかった時に詠んだのが次の歌だ。晩年の作と思われるこの歌を最後に、彼は七十歳を過ぎて亡くなっている。

士《をのこ》やも　空《むな》しくあるべき　万代《よろづよ》に　語り継ぐべき　名は立てずして（6・九七八）

訳：男子たるものが、むなしく終わってよいものだろうか。万代に語り伝えるべき名を立てないで死んでしまうなんて。

この歌を見ると、意外にも憶良に「現世での功名心」があったことがわかる。確かに彼は出世街道からはずれた人生だったし、能力に見合った生き方をしたとも思えない。

でも、こうして千年以上ののちでも彼の歌は親しまれ続け、万葉歌人としての名も手に入れたんだから、今頃あの世で大満足しているんじゃないかな。

なんといっても「令和」の元になった文章を書いた(可能性が高い)という点でも、男子の本懐を遂げたといえるね。

仏門修行中の元エリートが詠んだ「ああ、無常」

実は、無常観を前提とした歌は『万葉集』の中に結構ある。

「無常観」というと、鎌倉時代の『平家物語』や鴨長明《かものちょうめい》の『方丈記《ほうじょうき》』、そして南北朝初めの兼好法師《けんこうほうし》の『徒然草《つれづれぐさ》』などの仏教的無常観をイメージするけど、おおらかだと思われていた万葉の時代からすでにあったんだね。

「筑紫歌壇」のメンバーの一人、沙弥満誓がこんな歌を詠んでいる。

世の中を　何に喩《たと》へむ　朝開《あさびら》き　漕《こ》ぎ去《い》にし船の　跡なきごとし（3-三五一）

訳：世の中を、いったい何に喩えようか。朝、港を漕ぎ出して行った船の波の跡が残っていないようなものだ。

この歌では、「世の中の出来事は、すぐに消え去る船の航跡のようだ、ああ無常……」と世の中に失望している感じがするけど、それは作者が沙弥（仏門修行中）の身の上だったからかな。

この沙弥満誓は、朝廷の最高機関である太政官《だいじょうかん》で右大弁《うだいべん》まで出世を果たした超エリート官僚だったんだ。

でも、思うところあって出家を請《こ》い、その後許されて造《ぞう》筑紫観《かんぜ》世音《おんじ》寺別当《べっとう》となった人だ。

ちなみに別当というのは、寺務の長官に相当する僧職のこと。別当となったのが七二三（養老七）年のことなので、ボクがまだ五歳くらいの時のことだ。

その数年後、中央からボクの父の旅人が大宰帥として大宰府に赴任し、いわゆる「筑紫歌壇」と呼ばれる一種の歌人サークルを形成した時にその一員となり、『万葉集』に七首の短歌を残している。

「胸キュン♡」な片想いは、いつの世も甘酸っぱい

「筑紫歌壇」のメンバー中、紅一点と言えるのは**大伴坂上郎女**だ。実はボクは幼くして母を亡くし、この叔母の坂上郎女に育てられたんだ。

彼女の歌は、長歌と短歌合わせて八十四首が『万葉集』に撰ばれている。女性の歌人としては断トツの一位、全体でもボク大伴家持《やかもち》、柿本人麻呂《かきのもとのひとまろ》に次ぐ三位の数にあたる。

『万葉集』最大の歌人の一人と言われている額田王《ぬかたのおおきみ》ですら十二首にすぎないことを考えると、そのすごさがわかるというもの。

ちなみに、ここでも断っておくけど、養母だからってボクがひいきしたわけではないからね……、歌が素晴らしいからだからね。

ボクが彼女の歌で最も好きなものを紹介しよう。

夏の野の　繁《しげ》みに咲ける　姫百合《ひめゆり》の　知らえぬ恋《こひ》は　苦しきものそ（8-一五〇〇）

訳：夏の野の繁みに覆われてひっそりと咲いている姫百合のように、相手に知ってもらえない片想いの恋は苦しいものです。

百合の花言葉は「純粋」「無垢《むく》」。まさにそのイメージ通りの片想いの歌だ。さらに「姫」と付けることで、小さく可憐《かれん》な感じを出している。

夏草にまぎれて咲いていて気づかれにくいけど、一生懸命に咲く小さな姫百合……なんてけなげなんだろう。

坂上郎女は夫に二度も先立たれた後、ボクの父・旅人が妻を亡くした時に大宰府に来てくれて、亡き母の代わりにボクを育ててくれた大恩人なんだ。

「何の連絡もない男を待つ時間」の切なさ

坂上郎女の歌で、特に優れているのは**「相聞歌」**だ。彼女の人生は、男性との出逢いと別れが幾度となく訪れている。二度の結婚、そして二人の夫との死別……。恋多き女性と言ってもいい彼女だけど、その出逢いと別れは、幸不幸が交錯する複雑なものであるのは歌を味わえばわかる。

何度も恋をし、恋に破れた彼女だけど、本当にかわいらしい女性だったと思える歌がいくつもある。

来《こ》むと言ふも　来《こ》ぬ時あるを　来《こ》じと言ふを　来《こ》むとは待たじ　来《こ》じと言ふものを

（4 - 五二七）

訳：貴方は「来よう」と言っても来ない時があるのに、「来ないだろう」と言うのを来るだろうと思って待ちはすまい。だって貴方が自分から「来ないだろう」と言

っているのだもの。

「**こ**む・**こ**ぬ・**こ**じ・**こ**む・**こ**じ」と「こ」を五連発しているあたりはご愛敬。もちろん、これは歌のリズムを作り出している技巧派のなせるワザ。

愛する男が「来よう」と言っても来ない時があるというのは、当時は夫が妻のところに通う「妻問い婚」という婚姻形態を取っていたからだ。

今と違って、スマホもパソコンもない時代だから、男性から「明日行くよ」という手紙や歌を送られて、女性はそれを信じて待つしかない。ところが、何の連絡もなく朝まで待ちぼうけ……なんてことはよくあった話だ。
だからこそ、愛する人と逢えた時の喜びは爆発的なものとなって、二人で過ごす時間の密度は、今よりはるかに濃かったんじゃないかと思うんだ。

「やっと逢えた時ぐらい、優しい言葉をかけてネ」

次の歌は、娘の恋人に向けて、母である坂上郎女が娘の代わりに歌ってあげたという説があるものだ。

恋ひ恋ひて　逢《あ》へる時だに　愛《うつく》しき　言尽《ことつ》くしてよ　長くと思はば（4-六六一）

訳：貴方に恋して恋してやっと逢えた時ぐらいは、優しい言葉を言い尽くしてくださいな。これからも二人仲良しを長く続けようと思うならば。

「私の娘と仲良くしたいなら、もっと優しい言葉を言い尽くしてね」という、母からのちょっと厳しいリクエストなんだね。娘を愛すればこそ、娘の相手がどんな男なのか、母としても気になるところだったのだろう。

当時は、言葉を尽くしてくれることこそが愛の証《あかし》だと信じられていたわけだけど、その根拠は日本に古くからある「言霊」という「言葉に宿る神秘的な力」を信じる伝統だ。

万葉の時代、「言葉は神」と崇められていた！

「言霊」については、何人も『万葉集』で歌っている。例えば山上憶良の長歌の一部を紹介しよう。

神代《かみよ》より　言ひ伝て《つ》来らく《く》　そらみつ　大和《やまと》の国は　皇神《すめかみ》の　厳《いつく》しき国　言霊《ことだま》の
幸《さき》はふ国と　語り継《つ》ぎ　言ひ継がひけり……（5 - 八九四）

訳：神代以来、言い伝えられてきたことだが、（そらみつ）大和の国は皇祖神の神威のおごそかな国であり、また言霊（＝言葉の霊力）が幸いをもたらす国だと語り継ぎ、言い継いできた……。

ここでは、皇祖神と言霊とが、日本においては素晴らしいものとして称揚されている。

また、柿本人麻呂も「大和の国は言霊の助くる国ぞ」（13‐三二五四）と歌っているように、**『万葉集』の時代、「言葉は神」として崇《あが》められていたんだ。**

初めての勅撰集である『古今和歌集』の「仮名序《かなじょ》」において、紀貫之《きのつらゆき》が、**「やまとうたは、人の心を種《たね》として、万《よろづ》の言《こと》の葉《は》とぞなれりける」**と高らかに宣言しているのは、この「言霊信仰」の伝統を踏まえたものと言えるね。

ここまで「メロメロな歌」を女から贈られたら、どうする？

前に紹介したボクの養母・大伴坂上郎女の八十四首というのが、『万葉集』では女性の一位だったけど、女性二位の収録数を果たしているのが、笠女郎《かさのいらつめ》の二十九首だ。ちょっと言いにくいことなんだけど、実は、ボクは彼女と付き合っていた。ボクがまだ若かりし頃、父の旅人とともに筑紫の地から都へと戻り、官人として宮中でお勤めをし始めていた時に彼女と出会ったんだ。そして恋に落ち、関係を持った。『万葉集』巻第四の五八七～六一〇番までの二十四首は、彼女からボクに贈られた相聞歌だ。そのうち二首を紹介しよう。

君に恋ひ　いたもすべなみ　奈良山《ならやま》の　小松が下《もと》に　立ち嘆くかも（4‐五九三）

訳：貴方に恋してどうにもならず、奈良山の小松の下に立って、ただため息をつくばかりです。

思ひにし　死《しに》するものに　あらませば　千度《ちたび》そ我《あれ》は　死に反《かへ》らまし（4‐六〇三）

訳：物思いをして死ぬと決まっていたとしたならば、千度も私は繰り返し死んでいたでしょう。

こんな歌を贈られたボクは果報者だね。

他にも「命の続く限り貴方のことを想っています」とか、「通過するのに八百日もかかるくらい大きな浜にある砂粒の数よりも、私の恋心のほうがまさっています」とか、とにかく情熱的な歌の数々を贈られて、ボクはメロメロになったんだ。

押せ押せの女に気持ちが冷めてしまう時

笠女郎の贈ってくれた歌に応えて、ボクが詠んだ歌の一首がこれだ。

なかなかに　黙《もだ》もあらましを　なにすとか　相見《あひみ》そめけむ　遂《と》げざらまくに（4・六一二）

訳：こんなことなら、いっそ黙っていればよかったのを、何のために逢い始めてしまったのだろう、遂げることはできない愛だろうに。

笠女郎がボクに恋焦《こ》がれて苦しんでいる歌をたくさん贈ってくれたのに対して、ボクが返した歌はわずか二首。そのうちの一首がこれなんだけど、鋭い読者ならおわかりのように、この歌では恋してしまったことを後悔しているボクの気持ちが見え隠れしているね。

正直に言うと、実はこの頃のボクは、まだ仕事と恋の両立もままならない未熟な若者だった。そこに魅力的な笠女郎が現われて、あっという間に恋に落ちるわけだけど、彼女の押せ押せラブラブな想いと歌に圧倒されてしまい、ボクは途中から腰が引けてしまったんだ。

結局、ボクが都を離れて越中守《えっちゅうのかみ》（今の富山の国司）として赴任するまで付き合いは続いた。今となっては若気の至り……笠女郎、ごめんなさい……。

せめて笠女郎の歌をたくさん『万葉集』に入首させることで罪滅ぼしをしたかったんだ。

もちろん彼女の名誉のために言っておくけれど、彼女の歌は女の恋心を巧みに歌った素晴らしいもので、客観的に見ても万葉女流歌人を代表する一人だとボクは信じているよ。

森鷗外をインスパイアした「近くにいるのに見えない貴方」

話は少し飛ぶけど、近代の文豪・**森鷗外《もりおうがい》**ら「新声社《しんせいしゃ》」のメンバーが、訳詩集『於母影《おもかげ》』（一八八九〈明治二十二〉年刊）を出すにあたって、笠女郎の詠んだ三九六番の歌を題名の典拠としたことは、意外に有名な話なんだ。

陸奥《みちのく》の　真野《まの》の草原《かやはら》　遠けども　面影《おもかげ》にして　見ゆといふものを（3-三九六）

訳：陸奥の国の真野の萱原《かやはら》は、遠いけれど面影として見えるというのに、近くにいるはずの貴方はどうして見えないのでしょうか。

この歌から『於母影』を採用するなんて、元号の「令和」を梅花の歌の序文から採るのと同じくらいセンスがいいね。

「遠くても面影として見えるのに、近くにいるはずなのに実体は見えない」

実はこの歌は、笠女郎がボク、家持に贈ってくれたもの。ボクは彼女に想われていたんだねぇ……。

鷗外はドイツに留学していた時、エリーゼという女性と恋に落ち、結婚まで考えたものの、周りの反対にあって結局、別れている。鷗外を追ってはるばる日本にまでやってきた末に追い返された彼女の失意は、どれほどのものだっただろう。鷗外はこの顛末《てんまつ》を『舞姫』という作品で描いている。

鷗外が笠女郎の三九六番の歌を読んだ時、脳裏に浮かんだ「面影」は、遠くドイツにいるエリーゼだったのだろうか……。本人に真意を聞いてみたいところだね。

編纂者の特権！ 大伴家持の歌、てんこ盛り

ここでボク、大伴家持の名歌（自分で言うのもなんだけど！）を紹介していこう。

ボクの歌は長歌・短歌など、合わせて四百七十三首が『万葉集』に収められていて、『万葉集』中でダントツの一位だ。二位の歌聖《うたのひじり》・柿本人麻呂ですら百首に満たないのに、ボクだけで全体の一割を超えているのはちょっとやりすぎた感もあるけれど、苦労して編纂した特権ということで許してほしい。

特に『万葉集』後半の巻第十七～第二十は、ボクの歌で埋め尽くされていて、それらの巻は「私家集《しかしゅう》」のつもりで編んだんだ。

その中でも、多くの人が秀歌と認めてくれたものを紹介しよう。巻第十九の巻末を締めくくる三首は、「興を覚えて作った歌」と題詞にも書いたように、陰暦二月二十

三日に二首、二十五日に一首と、立て続けに詠んだ歌だ。一種の連作なので、続けて鑑賞してほしい。

春の野に　霞《かすみ》たなびき　うら悲《がな》し　この夕影《ゆふかげ》に　うぐひす鳴くも（19・四二九〇）

訳：春の野に霞がたなびいてもの悲しい。この夕暮れの光の中にうぐいすが鳴いているよ。

我《わ》がやどの　いささ群竹《むらたけ》　吹く風の　音のかそけき　この夕《ゆふへ》かも（19・四二九一）

訳：わが家にあるそれほど多くない群竹に、吹く風の音がかすかにしている、この夕方よ。

うらうらに　照れる春日《はるひ》に　ひばり上《あ》がり　心悲《こころがな》しも　ひとりし思《おも》へば（19・四二九二）

訳：うららかに照る春の日に、ひばりが上がっている。でも私の心は悲しいことだ、独りで物思いをしていると。

現代語訳を付けるほうが歌の理解を妨げる気がするのは、ボクだけかな。できれば古歌のまま何度か口ずさんでもらえると、これらの歌の良さがわかるはずだ。

✿春の憂鬱にかこつけて「名門・大伴家」の没落を憂う！

ところで、この三首の歌の後に、次のような注意書きを書いておいたんだ。

春の陽はのんびりとうららかに照り、うぐいすは今まさに鳴いている。私の痛む心は、歌でなければ晴らしがたい。そこでこの歌を作って、それをもって鬱屈《うっくつ》した気持ちを散じるのだ。

厳しい寒さの冬が終わって、暖かい春を迎えることは本来嬉しいことだ。でも、春春の訪れは、時に憂鬱《ゆううつ》でもある。「春眠　暁《あかつき》を覚えず」という言葉があるように、春は惰《だ》眠《みん》を貪《むさぼ》りたくなる季節でもあるしね。

でも、今だから本当のところを言うと、ボクの憂鬱の原因は、名門だった大伴氏に生まれた父やボクが、藤原氏の台頭によって朝廷でなかなか出世できなくなってしまったことなんだ。

大伴氏の全盛期は、ボクの生まれる百年以上も前のこと。かつての大伴氏は、天皇を補佐して執政を行なう重要なポストの大連《おおむらじ》を何代にもわたって務めていた。それが物部《もののべ》氏と蘇我《そが》氏に取って代わられて次第に落ち目になった。大化の改新以後も、なんとか大臣や大納言まで昇進した人を出していたんだけど、藤原氏が力を付けていく過程において、ボクの父・旅人は大宰府に左遷されてしまった。

おかげで「筑紫歌壇」が形成されたわけだけど、父は酒に溺《おぼ》れるわ、母は亡くなるわで、まだ幼かったボクとしては、中央での出世は見込めない立場を自覚せざるをえなかった。

実は、ボクは何度か藤原氏打倒の計画を練ったことがあったんだけど、どれも未遂や計画倒れに終わってしまい、成功しなかった。しかも、そのたびに嫌疑をかけられて地方と中央とを行き来する羽目に陥ってしまい、官人としての出世はかなり遅れてしまったんだ。

死後に官籍から除名!?「この恨み、はらさでおくべきか……」

そんなこともあって、せめて歌人としての業績を残したくて、この『万葉集』の編纂にはかなり力を入れたんだけど、やはり鬱々《うつうつ》とした気持ちは晴れなかった。なにせこの歌を詠んだ時、ボクは働き盛りのアラフォーなのに、地位は従五位上《じゅごいのじょう》因幡守《いなばのかみ》(今の鳥取県東部の国司)にすぎないんだから、名門・大伴氏の名が泣くよ……。

ところで『百人一首』に採られているボクの、

「かささぎの　渡せる橋に　おく霜の　白きを見れば　夜ぞ更《ふ》けにける」

は、『万葉集』では撰んでいない。代わりに、と言ってはなんだけど『万葉集』の大トリはボクが務めさせてもらった。

『万葉集』全二十巻・四千五百十六首の最後を飾るこの歌は、七五九（天平宝字《ほうじ》三）年正月一日、因幡において、国守であったボク、大伴家持が年頭の挨拶《あいさつ》として詠んだ一首だ。

新《あらた》しき　年の初めの　初春《はつはる》の　今日《けふ》降る雪の　いやしけ吉事《よごと》（20‐四五一六）

訳：新しい年の初めの初春の今日降る雪のように、たくさん積もれよ、良い事も。

当時、新年に降る雪は縁起が良いとされていて、初春に降ってきた雪と同じように、吉事がボクだけでなく、みなさんにもたくさん降りかかってきますように、と願いをかけて歌ったものだ。

でも、ボクが没した直後、七八五（延暦四）年に発生した藤原種継《たねつぐ》暗殺事件（長岡京遷都の造営使となって遷都を推進した藤原種継が、遷都反対派によって暗殺された事件）の首謀者として疑われ、ボクは埋葬《まいそう》を許されず、大伴家持の名は官籍からも除名された。

納得いかなーい!!　やっぱり許せん、藤原氏め……ウラミハラサデオクベキカ……。

ちなみにボクの没後、二十年以上が経過した八〇六（延暦二十五）年に、やっと恩赦を受けて従三位《じゅさんみ》に復して名誉挽回を果たしたことは、ここでちゃんと伝えておきたい。

コラム

歌い継がれる家持の「おふざけ歌」

今の世も、夏には鰻《うなぎ》を食べて精を付ける人が多いけれど、奈良の時代にも鰻は「夏に食べて元気を出すもの」として知られていた。

さて、『万葉集』に収録されたボクの歌にも、鰻が登場するものがある。さっそく紹介しよう。

これは『万葉集』の巻第十六に収載された歌で、この巻の歌は、少し変わったものが多い。紹介する二首は、ボクの友人で、ちょっと痩せすぎの感のある吉田連老《よしだのむらじおゆ》（石《いし》麻呂《まろ》）をからかって詠んだものだ。

石麻呂《いしまろ》に　我物申《われものまう》す　夏痩《なつや》せに　良しといふものそ　鰻捕《むなぎと》り喫《め》せ（16-三八五三）

訳：石麻呂に私は申し上げます。夏痩せに良いというものです。鰻を捕って召し上がれ。

痩す痩すも　生けらばあらむを　はたやはた　鰻を捕ると　川に流るな（16-三八五四）

訳：痩せに痩せていても、生きているだけで十分だろうに。もしかして、鰻を捕ろうと川に入って、流されたりするなよ。

最初の一首は、わざと大げさにかしこまった口調で詠んでみた。痩せている石麻呂に、「鰻でも食べて精を付けてはいかがですか」と言っているんだ。

続く歌では、「かといって、鰻を捕りに川に入ったら、ひょろひょろの石麻呂は流されてしまうのではないか」と心配しつつ、からかっている。まるで漫才のような軽妙なやり取りが、そのまま残っている歌だね。

ボクが詠んだこの歌を聞いて、その場に居合わせた人たちは大爆笑！……だったかどうかは、みなさんのご想像にお任せしよう。

一見堅苦しく思える和歌の世界だけれど、その時代に生きている人々は、今と同じように、笑ったり、からかい合ったり、ふざけたりしながら過ごすことだってある。古代の人々のそんな一面を垣間見ることができるのも、『万葉集』のおもしろいところかもしれないね。

4章

歌聖と和歌仙——万葉に輝く二人の天才

……柿本人麻呂と山部赤人の、どこがすごいのか?

紀貫之も絶賛！「六歌仙」より
ダントツに高い二人の評価

「六歌仙《ろっかせん》」という言葉を聞いたことがある人は、多いんじゃないかな？

これは日本初の勅撰和歌集『古今和歌集』（九〇五〈延喜五〉年）の序文（「仮名序《かなじょ》」）に書かれている六人の代表的な歌人のことで、僧正遍昭《そうじょうへんじょう》、在原業平《ありわらのなりひら》、文屋康秀《ふんやのやすひで》、喜撰法師《きせんほうし》、小野小町《おののこまち》、大友黒主《おおとものくろぬし》の六人を指す。

ただし、その序文にはもっと素晴らしい歌人として、**柿本人麻呂《かきのもとのひとまろ》**（人麿）と**山部赤人《やまべのあかひと》**の二人が挙げられていて、六歌仙の人たちにはそれぞれ欠点があると述べられているんだ。

例えば、「仮名序」を書いた紀貫之《きのつらゆき》によると、『伊勢物語』の主人公と言われている

在原業平について、

その心余りて、詞《ことば》たらず。しぼめる花の色なくて匂《にほ》ひ残れるがごとし。

訳：その感情が溢れすぎて、表現するほうの言葉が足りていない。喩えれば、しおれた花で色つやがなくて、ただ香りだけが残っているようなものだ。

と結構、手厳しく批判しているし、才色兼備で有名な小野小町についても、

あはれなるやうにて、つよからず。いはば、よき女《をうな》のなやめるところあるに似たり。

訳：しみじみとした情趣はある様子だが、力強くない。言ってしまえば、高貴な女性で、病気になって苦しんでいるところがある人に似ている。

などと厳しい評価を下している（ある意味、ボロカスに言っているように読めるね）。

ただし、返す刀で「六歌仙」以外の歌人については、わざわざ名を挙げて批評するにも値しない、と断じているから、結局は六歌仙をそれなりに高く評価していたと言えなくもない。

実力伯仲！「山柿の門」として崇められる

こうした厳しい判断基準の『古今和歌集』の「仮名序」において、「歌聖《うたのひじり》」と呼ばれて持ち上げられたのは柿本人麻呂（人麿）であり、同じく紀淑望《きのよしもち》が漢文で書いた「真名序《まなじょ》」において「和歌仙《わかのひじり》」と最大評価を受けたのは山部赤人だった。

その二人のことを、紀貫之は仮名序において次のように書いている。

人麿は、赤人が上《かみ》に立たむことかたく、赤人は人麿が下《しも》に立たむことかたくなむありける。

訳：柿本人麻呂は、山部赤人の上に立つことは難しく、山部赤人もまた柿本人麻呂

の下に立つことは難しいのである。

つまり、二人は「実力的には、まったく同列だ」という判断だ。

ちなみにボクは、二人の頭文字を取って「山柿《さんし》の門《もん》」（「山」を「山上憶良《やまのうえのおくら》」とする説もあり）と呼んで崇めている。

年齢でいうと、人麻呂のほうが赤人よりも一回りから二回りほど年上と推定される。人麻呂が主に七世紀後半の天武《てんむ》朝から持《じ》統《とう》朝期に活躍したのに対して、赤人のほうは八世紀前半の聖武《しょうむ》朝期において活躍している。

『万葉集』に収録されている歌の数では、人麻呂のおよそ八十首に対して、赤人はおよそ五十首と、これだけを見ると人麻呂の圧勝だね。

ただ、人麻呂の歌をめぐって、ある不思議なことがある。

人麻呂の歌として、みんながよく知っている『百人一首』の、

あしびきの　山鳥の尾の　しだり尾の　ながながし夜を　ひとりかもねむ

という歌は、実は柿本人麻呂の歌ではないんだ。

この歌は、『万葉集』巻第十一の二八〇二の歌が元になっているのだけれど、この『万葉集』の歌の作者は人麻呂ではなく、「詠み人知らず」と記されている。

そもそも歌自体、『万葉集』のほうは、

思《おも》へども　思ひもかねつ　あしひきの　山鳥《やまどり》の尾の　長きこの夜《よ》を

というものだ。

それが改作され、いつの間にか人麻呂作ということになってしまった。なんとも不可思議なことが起きている。

この歌については、214ページから詳しく紹介しよう。

叙景歌人・山部赤人の「人となり」がわかる名歌

一方、山部赤人のほうはどうかというと、これまた『万葉集』のものと『百人一首』のものとでは、微妙にニュアンスが違っている。

田子《たご》の浦ゆ　うち出《い》でて見れば　ま白《しろ》にそ　富士の高嶺に　雪は降りける（3-三一八）

訳：田子の浦を通って視界の開ける場所に出てみると、真っ白に富士の高い峰に雪が降り積もっていることだ。

田子の浦に　うち出でてみれば　白妙の　富士のたかねに　雪は降りつつ（『新古今和

歌集』『百人一首』)

訳：田子の浦に出て雄大な風景を眺めてみると、真っ白な富士の高い峰に今まさに雪が降り続いていることだよ。

『万葉集』のほうの第一句「田子の浦ゆ」の「ゆ」は、動作の経由点を表わす格助詞で、「～を通って」と訳す。周りに山などの障害物があって視界が遮《さえぎ》られていたところから、広々とした場所に出て、視界が急にパッと開けた感じを表わしている。つまり、「田子の浦を通って富士山が見えるところまで出た」という意味だ。

一方、『百人一首』のほうの「田子の浦に」では、田子の浦から富士山を見たということになり、見ている場所が違ってくる。

また、「白妙の」と白い布（87ページ参照）に喩えた表現は、もともとは「ま白にそ」と直接的な言い方がされており、いかにも万葉っぽい。

最後の「降りける」と「降りつつ」もかなり意味の違う表現で、「ける」だとすでに降っていたということになり、「つつ」だと今も降っていることになる。

みなさんは、どちらの歌がお好きだろうか？

✿可憐なすみれに心惹かれて――一晩、野宿？

そもそも山部赤人という人は、経歴が定かでなく身分は低かったと想像されるが、聖武天皇の行幸に伴って東国から四国へと、日本中を旅したようだ。**柿本人麻呂が抒情歌を得意としたのに対し、赤人は自然の美しさを詠む叙景歌を得意と**していた。

ボクの好きな歌を紹介しよう。

春の野に　すみれ摘《つ》みにと　来《こ》し我《われ》そ　野をなつかしみ　一夜《ひとよ》寝《ね》にける（8-一四二四）

訳：春の野にすみれを摘もうとやってきた私は、その野に心が惹《ひ》かれて、一晩そこで寝てしまったよ。

なかなかの名歌だと思うんだけど、どうだろうか。

古来「すみれの花」は摘み取るとすぐ萎《しお》れてしまうところから、花の生命が摘み取った人の魂に移ると考えられていたんだ。おそらく赤人も、すみれ摘みにやってきたんだろうね。

でも、すみれの花咲く可憐な姿を見ているうちに心惹かれてしまった彼は、そばを離れることができなくなって、春の夜露に濡れるのも構わず、一晩すみれのそばで野宿をしてしまったよと歌っている。赤人の心優しき人柄が偲《しの》ばれるね。

ちなみに**「なつかし」**という言葉は、今では過去を振り返る時に使うけれど、古語では現在進行形で**「心惹かれる」**様子を表わしている。

この歌は『古今和歌集』の「仮名序」でも赤人の作例として挙げられているように、平安王朝時代において赤人の代表歌の一首とされていたようだ。

✿これぞ「ザ・プロ宮廷歌人」の詠みっぷり

赤人の叙景歌人としての代表作といえば、次の長歌と短歌二首だろう。七二五（神《じん》亀《き》二）年五月、聖武天皇の吉野離宮行幸に付き従った時の作だ。少し長いけど、紹介するね。

山部宿禰赤人《やまべのすくねあかひと》が作る歌二首 并《あは》せて短歌

やすみしし　わご大君《おほきみ》の　高知《たかし》らす　吉野の宮は　たたなづく　青垣隠《あをかきごも》り　川並《かはなみ》の　清《きよ》き河内《かふち》そ　春へには　花咲きををり　秋へには　霧《きり》立ち渡る　その山の　いやますますに　この川の　絶ゆることなく　ももしきの　大宮人《おほみやひと》は　常に通《かよ》はむ

（6-九二三）

反歌二首

み吉野の　象山《きさやま》の際《ま》の　木末《こぬれ》には　ここだも騒《さわ》く　鳥の声かも（6－九二四）

ぬばたまの　夜《よ》のふけゆけば　久木生《ひさぎお》ふる　清《きよ》き川原《かはら》に　千鳥《ちどり》しば鳴く（6－九二五）

訳：

［長歌］

（やすみしし）わが大君が高々と造られた吉野の宮は、幾重にも重なる青垣山に囲まれ、川の流れの清らかな河内《こうち》である。春ともなれば花が咲き誇り、秋ともなれば一面霧が立ち渡る。その山のようにさらに幾たびも幾たびも、この川のように絶えることなく、（ももしきの）大宮人はいつの世もこの宮に通うであろう。

［反歌一］

み吉野の象山の谷間の梢《こずえ》には、こんなにも数多く鳴き騒ぐ鳥の声だよ。

［反歌二］
（ぬばたまの）夜が更けてゆくと、久木の生い茂る清らかな川原に千鳥がしきりに鳴いている。

「聖武天皇の御代《みよ》が永遠であれ」と歌うこの吉野讃歌は、長歌においては漢文でよく用いられる「対句表現」で山と川を対比し、反歌二首ではそれぞれ山と川を詠むなど、「整然とした見事な秩序世界＝聖武天皇の治世」を表現した歌になっている。

赤人の卓越した知性と美意識、そして聖武天皇に対する尊敬の念がよく表われた歌になっているのは間違いないところだ。

これぞ**「ザ・プロ宮廷歌人」**と呼べる詠みっぷりだね。

謎めく天才コピーライター！柿本人麻呂

「『万葉集』最大の歌人は誰か？」

というアンケートを実施すれば、おそらく**一位を獲得するのは柿本人麻呂**だろう。名を「人麿」とも表記される彼は、すでに見たように「歌聖」と呼ばれ、ボクも「山柿の門」と呼んで山部赤人（「山」を「山上憶良」とする説もあり）とともに尊敬する大歌人だ。

ところが、これだけの大歌人なのに彼の経歴は不明（記録に残らない六位以下の下級官吏で生涯を終えた？）で、『万葉集』に載っている歌と題詞などで、その「人となり」を推測するしかないんだ。歌の成立年代を見ると、天武朝から持統朝に活躍していたのは間違いない。

人麻呂は、天皇の行幸や宮廷の行事の際に、讃歌や挽歌など、その場に適した歌を捧げた「宮廷歌人」ではなかったかと言われることもある。だけど、その当時はまだ「宮廷歌人」という職掌《しょくしょう》が明確にあったわけではないんだ。ただ、歌の内容などから**持統天皇が人麻呂のパトロン**となっていた節はあるね。


おもしろいところでは、梅原猛《うめはらたけし》氏が『水底《みなそこ》の歌—柿本人麿論』において、人麻呂は大津皇子《おおつのみこ》(96ページ参照)と同様に、持統天皇の陰謀によって流罪《るざい》になり亡くなったとする説を立てている。

この作品は大佛次郎《おさらぎ》賞を受賞した話題作ではあるけど、残念ながら定説にはなっていない。でも、一読に値する書なので、時間があれば手に取って読んでみてほしい。

「いろは歌」は天才・人麻呂の暗号だった?

かの有名な**「いろは歌」**の作者は人麻呂だという説がある(他にも「空海」や、平安期の貴族で、第60代醍醐《だいご》天皇の皇子〈臣籍降下した〉「源 高明《みなもとのたかあきら》」説もあるが……)。

なんでも「いろは歌」には、人麻呂の残した暗号があるとかないとか。というのは、左記のように七文字ごとに区切って書き、区切りの最後の文字を縦読みすると、

「とか(が)なくてしす(咎無くて死す)」

となるのだ。

いろはに**ほ**へと• ちりぬる**を**わか• よたれそ**つ**ねな• らむうゐ**の**おく•
やまけふ**こ**えて• あさきゆ**め**みし• ゑひもせす•

さらに、同じく五文字目(右記の太字)を続けて読むと、

「ほをつのこめ(本を津の小女)」

となり、それらをつなげてみると、

「私は無実の罪で殺される。この本を津の妻へ届けてくれ」

と解釈できる。

これは人麻呂の暗号ではないか!? というものだが、いずれにせよ、すべての仮名

を重複させずに七五調で仕上げたこの歌は、いつの時代の誰の作かはわからないものの、天才的才能の持ち主が作ったことは間違いなさそうだ。

枕詞を独創! クリエイティブに使いこなす

人麻呂の歌は『万葉集』には長歌十九首、短歌七十五首の合計九十四首（諸説あり）が収録されている。歌の特徴としては、枕詞・序詞・対句を用いたものが多く、天皇讃歌や皇族の挽歌などで、その力量を示している。「宮廷歌人」と呼ばれるゆえんだね。

彼は優に百を超える**枕詞**を使っていた。

おもしろいのは、「ぬばたまの（→夜）」「草枕（→旅）」などの伝統的な枕詞だけではなく、「石走る《いわばし》（→近江《おうみ》〈淡海〉）」「さしのぼる（→日）」のように、人麻呂以前には見られない多くの枕詞を使っているところだ。

彼の独創による枕詞は軽く五十個を超えている。**今で言うなら、天才的なコピーライター**だ。

ここで、その枕詞を使った人麻呂の代表的な歌を二首紹介しよう。

あしひきの　山川《やまがは》の瀬の　鳴るなへに　弓月が岳に　雲立ち渡る（7-一〇八八）

訳：（あしひきの）山川の瀬が鳴り響くのに合わせて、弓月《ゆつき》が岳《たけ》に雲が一面に立ち渡ってゆく。

ひさかたの　天《あめ》の香具山《かぐやま》　この夕《ゆふへ》　霞《かすみ》たなびく　春立つらしも（10-一八一二）

訳：（ひさかたの）天の香具山にこの夕べ。霞がたなびいている。春になったらしい。

どちらも、目の前の情景をただ写し取っただけの、素朴な歌にすぎないように思えるかもしれない。でも、現実に大和《やまと》の地にある「弓月が岳（三輪山の北東にある巻向《まきむく》山《やま》か？）」や「天の香具山（49ページ参照）」を前にしてこの歌を口ずさんでみれば、人麻呂の言わんとすることが実感できる。

特に「あしひきの」や「ひさかたの」という定型的な枕詞が最初にきて一呼吸おかれることで、かえって次にどんな言葉が出てくるのだろうという期待でワクワクしてくる。

歌人で精神科医でもあった斎藤茂吉は『万葉秀歌』の中で、「あしひきの　山川の瀬の」の歌について次のように評している。

この歌もなかなか大きな歌だが、天然現象が、そういう荒々しい強い相として現出しているのを、その儘《まま》さながらに表現したのが、写生《しゃせい》の極致ともいうべき優《すぐ》れた歌を成就《じょうじゅ》したのである。

✿「東の　野にかぎろひの　立つ見えて」に込められた深すぎる意味

『万葉集』巻第一（1・四五）に、**軽皇子**《かるのみこ》（皇極《こうぎょく》天皇の弟〈孝徳《こうとく》天皇〉と同名・別人）が安騎《あき》の野（今の奈良県宇陀《うだ》市）に泊まった時、人麻呂が詠んだ長歌と短歌が載せられている。

この長歌において軽皇子に対する敬意は、人麻呂お得意の枕詞「やすみしし」（「我が大君」に掛かる）から始まって、

「我《わ》が大君《おほきみ》　高照《たかて》らす　日《ひ》の皇子《みこ》　神《かむ》ながら　神《かむ》さびせすと」

と、最大限の褒め言葉のオンパレードだ。宮廷歌人の面目躍如《めんもくやくじょ》というところだね。

軽皇子を讃美する長歌が終わった後、五首詠まれている短歌の中で最も有名なのが

人麻呂が歌で「昇る朝日」に喩えた軽皇子

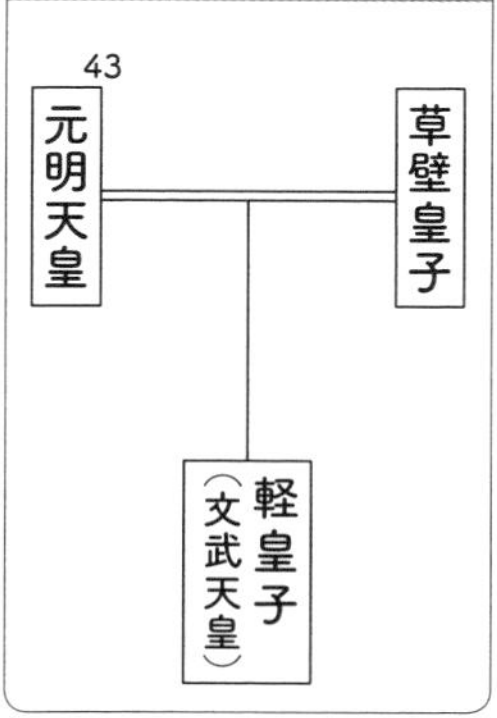

次の歌だ。

東《ひむがし》の　野《の》にかぎろひの　立つ見えて　かへり見すれば　月傾《かたぶ》きぬ（1-四八）

訳：東の野に日の出前の光（かげろう）の立つのが見えて、後ろを振り返って見ると月は西に傾いている。

歌の内容はとてもシンプルだ。

……朝早く、東の野を見ると、地平線を真っ赤に染めながら朝日が昇ろうとしている。その時、後ろを振り返って西の空を見ると、月が傾いて沈もうとしている……。

ただそれだけのことだ。

しかし、この歌の真意は、沈む月を逝去《せいきょ》した草壁皇子《くさかべのみこ》（112ページ参照）に、昇る朝日をその息子の軽皇子に暗に喩えていることだ。

ここで軽皇子の、父を失った悲しい気持ちを代弁するとともに、父に代わってこれ

から**朝日の昇るがごとく活躍するさまを暗示**したものになっているんだ。

さすが「褒め上手」の宮廷歌人・柿本人麻呂!!

人情の機微をわかったうえで、あえて直接的な表現は避け、情景を歌うだけでここまで「深い意味」を表現しきる力量は並大抵ではない。

「上手い」を通り越して、「恐れ入谷《いりや》の鬼《き》子《し》母《も》神《じん》」だ。

実際、軽皇子はその後文武《もんむ》天皇として即位し、その子供は聖武天皇として一時代を築いていくこととなる。

『百人一首』にも採られた「あの歌」は実は……

前に紹介した「あしびきの」の歌も、枕詞・序詞などを駆使した作品だけど、代表歌であるはずのこの歌は、柿本人麻呂の歌ではない可能性が高い。

というのも、この和歌の原型とされている『万葉集』の歌には、「詠み人知らず」と記されているし、歌も微妙に違っている。それがなにかの拍子で、「こんな素晴らしい歌は、きっと歌聖の人麻呂作に違いない！」ということになって定着してしまったんだね。

ここでは敬意を表して元になった歌と、人麻呂作の二つを並べて紹介しておこう。

思《おも》へども　思ひもかねつ　あしひきの　山鳥《やまどり》の尾の　長きこの夜《よ》を（11-二八〇二）

訳：どう思案しても思案しかねる（あしひきの）山鳥の尾のように長いこの夜を。

あしびきの　山鳥の尾の　しだり尾の　ながながし夜を　ひとりかもねむ（『拾遺和歌集』『百人一首』）

訳：山鳥の長く垂れ下がっている尾のようにいつまでも明けない秋の夜長を、恋する人と離れてただ独り寂しく寝るしかないのだろうかなぁ。

この二つの歌を比べてみると、『拾遺和歌集』『百人一首』に採られている歌のほうが断然上だね。

こちらは上の句がすべて（枕詞＋）序詞でできていて、その中で「の」を四回も使って言葉をつなげ、山鳥の尾の長さと、そこに込められた独りで寝る寂しい夜の長さを切々と歌い上げている。

実際に声に出して詠じてみると、この歌の良さがもっと実感できるはずだ。人麻呂作じゃないとしても、これは叙情歌としては大傑作だ。

切々と！「独り寝の寂しさ」を詠んだ歌

「あしびきの」の歌で詠まれているように、人麻呂には**「独り寝」の寂しさ**を歌ったものがいくつかある。

ここで、愛する人への熱烈なラブレターならぬ「相聞歌」を二首、紹介しよう。

たらちねの　母が手離《てはな》れ　かくばかり　すべなきことは　いまだせなくに（11 - 二三六八）

訳：（たらちねの）母の手を離れてから、これほどまでにやるせない思いはついぞしたことがないよ。

人の寝《ぬ》る　甘睡《うまい》も寝《ね》ずて　はしきやし　君が目すらを　欲《ほ》りし嘆かふ（11 - 二三六九）

訳：人並みの共寝を私はすることもせず、いとしい貴方を一目見るだけでもいいと、それればかりを願って嘆き続けることだ。

「貴方との共寝までは望みません、とにかく貴方に一目逢えればいいんです」という想いを切々と歌ったものだ。

人麻呂は複数の女性への歌を残していることから、妻だけでなく多くの愛人がいた艶福家《えんぷくか》だったという説もあるけど、実はそれらの歌はフィクションであって実体験ではない、というのが今では定説だ。しかし、次の歌は完全ノンフィクションだろう。

妻を亡くした人麻呂は、この世の無常を嘆きながら、今は亡き妻を思い出して長歌と短歌を捧げている。

題詞に「妻の死にし後に、泣血哀慟《きふけつあいどう》して作る歌」とある。

去年《こぞ》見てし　秋の月夜《つくよ》は　照らせども　相見《あひみ》し妹は　いや年離《さか》る（2 - 二一一）

訳：去年見た秋の月は今年も変わらず私を照らしているけれど、一緒にこの月を見た妻との日々はますます遠ざかっていく。

「歌聖」として古来より別格扱いされた人麻呂は、**「神」として祀《まつ》られ、彼の名を冠した神社や祠《ほこら》**が各地に建てられている。島根県益田市高津《たかつ》町にある高津《たかつ》柿本《かきのもと》神社や兵庫県明石市人丸町の柿本神社が著名なものだ。一度訪れてみてはどうだろう。

コラム

人麻呂が「悲劇の皇子」に捧げた挽歌

歌聖と仰がれる柿本人麻呂は、長歌様式を完成させたと言われている。皇族の死に際して詠んだ「挽歌」においても、格調高く、荘重《そうちょう》な長歌を残している。

ここでは、有力な皇位継承者でありながら陰謀に巻き込まれ、若くして非業の死を遂げた**有間皇子**《ありまのみこ》を悼む人麻呂の短歌を紹介してみようと思う。

有間皇子の父・孝徳天皇が崩御したのち、六五五（斉明《さいめい》天皇元）年に即位したのは、孝徳天皇の姉であり、中大兄皇子《なかのおおえのみこ》の母である斉明天皇（皇極天皇の重祚）。もちろん、政治の実権を握っていたのは、中大兄皇子と弟の大海人皇子《おおあまのみこ》だ。

先帝の第一皇子として、残された有馬皇子の立場は微妙なもので、政争に巻き込まれるのは火を見るよりも明らかだった。

斉明天皇の治世では大規模な工事が多く、労役の苛酷さに人々は耐えかねていた。そうした折、斉明天皇が牟婁《むろ》の湯（和歌山県の白浜温泉）に行幸している隙を狙って、蘇我赤兄《そがのあかえ》（蘇我馬子《うまこ》の孫）が有間皇子に急接近してくる。蘇我氏復興の野心を持つ赤兄は、有間皇子邸を訪れ、斉明天皇の失政をあげて、謀反をそそのかしたんだ。

「今こそ、民のために立ち上がるべきです！」

そして、赤兄とともに、綿密なクーデター計画を練っていたその時、自身の脇息《きょうそく》（座る際に肘《ひじ》を置く道具）がバキッと折れたことを不吉と感じ、有間皇子は挙兵を断念。赤兄と計画の口外無用を誓い合った。

しかし、このクーデター計画は、実は有間皇子を邪魔に思う中大兄皇子による罠《わな》で、赤兄と中大兄皇子は、裏で通じ合っていたんだ。赤兄から通報を受けた中大兄皇子は、その日のうちに兵を派遣して有間皇子の邸を取り囲み、謀反の罪で有間皇子を捕らえた。

有間皇子は斉明天皇の滞在先、牟婁の湯に護送されたが、その途上、磐代《いわしろ》の浜（和歌山県日高郡みなべ町）で詠んだのが、次の二首だ。

岩代《いはしろ》の　浜松が枝《え》を　引き結び　ま幸《さき》くあらば　またかへり見む（2-一四一）

訳：磐代の浜松の枝を引き結んで幸いにも無事でいられたら、また帰ってきてこれを見よう。

家《いへ》にあれば　笥《け》に盛《も》る飯《いひ》を　草枕《くさまくら》　旅にしあれば　椎《しひ》の葉に盛る（2-一四二）

訳：家にいると器に盛るご飯を、（草枕）心にまかせぬ旅をしているので椎《しい》の葉に盛ることだ。

題詞に「有間皇子が自ら悲しんで松の枝を結ぶ時の歌二首」とある。松の枝を結ぶのは、草の葉や衣の紐を結ぶのと同様、古代の予祝《よしゅく》儀礼の一つで、旅の安全を祈るものだ。

これから処刑されるはずなのに、それでも有間皇子は、「命があれば、またこの

『結び松』を見よう」と歌う。まだ一縷《いちる》の望みを託して、椎の葉に盛られたご飯を食べて命をつないでいたのだろうか……。

牟婁の湯に到着した有間皇子は、さっそく中大兄皇子からの厳しい尋問を受ける。それに対して、有間皇子はただ一言、答えた。

「天と赤兄と知らむ。吾全《われもは》ら知らず」
（天と赤兄とが真実を知るだろう。私は何も知らない）

無実を訴えたものの、有間皇子は再び都へ送還されることになり、その途中の藤白坂（和歌山県海南市藤白）で絞首刑に処せられた。享年十九歳。

有間皇子の詠んだ二首は、『万葉集』巻第二の「挽歌（＝人の死を悲しみ悼む歌）」の部の冒頭に載せてあり、続けて「有間皇子への追悼の歌」が四首詠まれ、四番目に人麻呂の歌が載せられている。

後《のち》見むと　君が結べる　岩代《いはしろ》の　小松が末《うれ》を　また見けむかも（2‐一四六）

訳：後でまた見ようと思って結んでおいた磐代の小松の梢を、有間皇子はまた見たのだろうか。

人麻呂の歌は、有間皇子が処刑されてから四十三年後の七〇一（大宝元）年、持統上皇・文武天皇が牟婁の湯に行幸した時に、付き従って詠んだものだ。

この時代、すでに有間皇子は「悲劇の皇子」として人々に知られ、事件も中大兄皇子の仕組んだ陰謀だとバレていた。

ちなみに、蘇我氏復興の野心から中大兄皇子と通じ、有間皇子を陥れた蘇我赤兄は、中大兄皇子（天智《てんじ》天皇）に重用されたものの、「壬申の乱」（六七二〈天武《てんむ》天皇元〉年）で敗れて捕らえられ、流罪に処された。こうして蘇我氏は没落し、高位から外されていくこととなる。

因果応報とは、まさにこのことだね。

5章

「人の世のすべて」を歌う、味わう！

……旅情、情愛、無常——
時空を超えて伝わってくる「魂の刻印」

旅こそ人生――感傷に浸るもよし、ハメを外すもよし！

高市黒人《たけちのくろひと》という人は、持統《じとう》天皇と、その次の文武《もんむ》天皇の両朝で下級の地方官人を務めていたようだ。

『万葉集』に収められている歌はすべて短歌で、十八首が採録されているが、特徴的なのは、すべて旅中で詠んだ作品ということだ。

黒人の旅の足跡は、大和《やまと》・山城《やましろ》・近江《おうみ》などの畿内《きない》に加え、尾張《おわり》（今の愛知県西部）や三河《みかわ》（今の愛知県東部）にまで及んでいる。今の名古屋市南区に地名が残っている桜田付近で詠んだ歌を紹介しよう。

桜田《さくらだ》へ　鶴《たづ》鳴き渡る　年魚市潟《あゆちがた》　潮干《しほひ》にけらし　鶴鳴き渡る（3-二七一）

訳：桜田のほうへ、鶴が鳴いて渡ってゆく。年魚市潟では潮が引いたらしい。鶴が干潟の上を鳴きながら渡ってゆく。

鶴は餌《えさ》を求めて干潟に向かって飛んでいく習性があるので、黒人はその姿を見て年魚市潟の浜が干潮になったと推測している。そして旅する黒人は遠く干潟を望みながら、鳴き声寂しく飛んでいく鶴の姿と自分とを重ねているのだろうか。旅愁が静かに沁《し》み入るように感じられる名歌だね。

次の歌なども、「近代人の孤独」に通じるものがある。

旅にして　もの恋《こひ》しきに　山下《やまもと》の　赤《あけ》のそほ船《ぶね》　沖を漕《こ》ぐ見ゆ（3 - 二七〇）

訳：旅に出てなんとなく家が恋しい時に、ふと海を見ると、先ほどまで山裾《やますそ》にいた朱塗りの船が沖のあたりを漕いでいくのが見える。

旅の途中、急に言いようのない感傷に襲われた経験は、誰にでもあるんじゃないかな。その感傷にふけっていた時にふと顔を上げて海を見ると、先ほど見た船がもう沖へ向かっているのが見えた。

大自然の中のちっぽけな存在としての人間。でも、少しずつでも前に前に進むことはとても大切なこと……静かな語り口だけど、噛めば噛むほど味のある、心に沁みてくるような歌だね。

✿「旅の途上でメイクラブ♡」お遊びで女に歌を贈るなら……

まじめな歌が続いたので、少し趣《おもむき》を変えよう。

次の歌は、三河あたりを旅していた黒人が、ちょっとお遊びで詠んだ歌だ。

妹《いも》も我《あれ》も　一つなれかも　三河《みかは》なる　二見《ふたみ》の道ゆ　別れかねつる（3-二七六）

訳・貴方も私も一体だからだろうか、三河国の二見の別れ道で、別れようとして別れられないのは。

「妹」は女性に対する親愛を込めた呼び方で、おそらく旅の宴席で仲良くなった女性のことだろう。そして、彼女とメイクラブしてしまった黒人は、別れを惜しんでこの歌を詠んだのだけど、歌の中に「一・三・二」と数字を配して言葉遊びをしているあたり、彼女との関係は軽いものだったのだろうね（じゃないと、都に残してきているはずの妻がかわいそう）。

「伝説」を題材にした物語性の高い長歌を詠む！

『万葉集』中、三十首を超える歌が入集《にっしゅう》している**高橋虫麻呂《たかはしのむしまろ》**の生涯は、実はあまりはっきりしていない。

ただ、七三二（天平四）年に詠まれた「藤原宇合卿《ふぢはらのうまかひきやう》、西海道《さいかいだう》の節度使《せつどし》に遣《つか》はさるる時に、高橋連虫麻呂《たかはしのむらじむしまろ》が作る歌一首」（6-九七一）という歌があることから、西海道節度使という九州地方の防備を固める軍政官の、藤原宇合《うまかい》の部下だった可能性があるものの、正確なところはわかっていない。

虫麻呂は柿本人麻呂《かきのもとのひとまろ》など、いわゆる宮廷歌人とは違って、天皇讃歌や皇族の挽歌などよりも、旅先の地方（主に東国）での景色や人の営みなどを詠んだ歌が多い。

また、「伝説歌人」とか「叙事歌人」なんて呼ばれるんだけど、浦島太郎のお話を詠んだ「水江《みづのえ》の浦島子《うらのしまこ》を詠む一首」（9－一七四〇）や、二人の男の求婚の板挟《ばさ》みになって悩み自殺した処女《おとめ》と、その後を追って死んだ男二人の悲劇を描く「菟原処女《うなひをとめ》が墓を見る歌一首」（9－一八〇九）など、**「伝説」を題材とした物語性の高い長歌**をたくさん残している。想像力に優れた、異色の万葉歌人と言えるだろう（名前も「虫麻呂」だし）。

美人薄命！「私のために、もう争わないで！」

東国に住んだ虫麻呂は、「**手児名**《てごな》（「手児奈・手古奈」とも書く）」という**絶世の美女の悲劇**に心惹かれたようだ。

おおよそのストーリーはこんな感じだ。

今は昔、下総国葛飾《しもうさのくにかつしか》の真間《まま》（現在の千葉県市川市真間）に手児名という絶世の美女がいた。

虫麻呂は彼女の美貌を、

「望月《もちづき》の　足《た》れる面《おも》わに　花のごと　笑《ゑ》みて立てれば」＝「満月のように豊かな顔で、花のように微笑んで立っていると」

と描写している。当時の美人の定義は、「顔がふくよか」だったということがわかるね。

そして、どんなに金持ちで着飾った箱入り娘よりも、貧しい麻の服を着て髪を梳《くしけず》ることもなく、裸足で井戸の水を汲《く》む素朴な手児名の姿が美しい、と書かれているんだから、正真正銘、まがうかたなき本物の美人だったんだろうね。

そんな彼女は、生活のため、毎日同じ井戸で水汲みをしていた。

手児名の美しい水汲み姿に見惚《みほ》れた多くの男性は、こぞって彼女に求愛する……。

「火に飛び込む虫のように！」

いや、

「港に入ろうと必死で船が漕ぎ集まってくるように！」（by 虫麻呂）
……うーん、当たり前田のクラッカー（笑）……。
しかし、彼女がどの男を選ぶか決めかねているうちに、手児名を手に入れたいと思う男たちの間で争いが絶えなくなってしまった。
それを知った手児名は心を痛め、思い詰めた果てに真間の入江に身を投げて自ら命を絶ってしまったんだ……美人薄命とはこのことだね。

「真間の手児名」伝説は男たちの心を揺さぶり続ける！

次の歌は、虫麻呂が彼女を偲んで詠んだものだ。

葛飾《かつしか》の　真間《まま》の井《ゐ》を見れば　立ち平《なら》し　水汲《みづく》ましけむ　手児名《てごな》し思ほゆ（9‐一八〇八）

訳：葛飾の真間の井戸を見ると、道が平らになるくらい毎日踏みしだいて行き来しながら水を汲んでいたという、美しい手児名のことが偲ばれる。

この**「真間の手児名」伝説**は当時すでに有名だったらしく、山部赤人《やまべのあかひと》などの歌人が題材にして詠んでいる。
また、聖武《しょうむ》天皇により東大寺の大仏造立の協力を要請された行基《ぎょうき》上人が、手児名の悲劇を聞いて哀れに思い、彼女の霊を弔《とむら》うために七三七（天平九）年に「弘法寺《ぐほうじ》」（当初は「求法寺」）を開いたりしているんだ。
手児名が毎日水を汲んでいた井戸（「真間の井」）のある所は、現在、亀井院と呼ばれる寺院が建っているんだけど、大正時代、結構ボロボロだった亀井院に、これまた貧乏のどん底だった、近代の詩人で歌人でもあった**北原白秋**《はくしゅう》が仮寓《かぐう》（仮住まい）していた時、次の歌を詠んでいる。

蕗《ふき》**の葉に　亀井の水の　あふるれば　蛙啼**《かはづな》**くなり　かつしかの真間**

千葉県市川市にある真間の井戸の水は、涸《か》れることもなくいつもこんこんと湧き出ていて冷たくて美味しい、と評判だそうだ。近くに行った折は、一度訪れてみてはいかがだろう。

そして、その時はぜひ、「真間の手児名」伝説と高橋虫麻呂、さらに北原白秋のことを少し思い出してお参りしてほしい。

「すべてを焼き尽くす天の火があればいいのに!」

教科書などにもよく採用され、人気も高い歌は、**狭野弟上娘子**《さののおとがみおとめ》と**中臣宅守**《なかとみのやかもり》による六十三首の恋歌のやり取りじゃないかな。

特に、狭野弟上娘子の次の歌は、現代人が読んでも情熱的で感動的なものだ。

君が行く《ゆ》　道の長手《ながて》を　繰《く》り畳《たた》ね　焼き滅ぼさむ　天《あめ》の火もがも（15-三七二四）

訳：あなたが流されて行く長い道のりを、くるくると折り畳んでたぐり寄せるようにして、焼き尽くしてしまう天の火があればいいのに。

『万葉集』の中でも**絶唱の一つ**といえる歌だね。

これは夫である宅守が流罪となって越前《えちぜん》（今の福井県東部）へと追放されることになった時、妻の弟上娘子が詠んだ歌だ。七三八（天平十）年頃のことだから、聖武天皇の治世、ボクとほぼ同世代の二人だ。

愛する夫とここでサヨナラすれば、「今生《こんじょう》の別れ」になる可能性が高いことを理解している彼女は、どんなことをしてでも夫を行かせたくない。その強い、つよーい想いが表現されている。

「君が行く　道の長手を　繰り畳ね」という上の句だけ取っても、「道を畳んででも絶対に行かせたくないわ」という彼女の気持ちが十分伝わってくる。実現不可能なことが、歌の上では可能とすら思えてくる。

さらに下の句で「焼き滅ぼさむ　天の火もがも」とこられると、これはもう降参。

「神さま、どうかこの願いは聞き届けてください……」

ちなみに「もがも」とは、自分の願望を表わす終助詞で、「もー、お願いよ!!」という強い願望が感じられる語感を持つ語だ。

〝禁忌〟を破って「伝えたい想い」がほとばしる！

宅守の流罪の理由は、はっきりしない。だけど、愛し合う二人は、とにかく引き裂かれてしまった。この絶唱の歌に対して、宅守が越前に下っていく時に弟上娘子に贈った返歌のうちの一首を紹介しよう。

恐《かしこ》みと　告《の》らずありしを　み越路《こしぢ》の　手向《たむけ》に立ちて　妹が名告《の》りつ（15－三七三〇）

訳：恐れ慎んで言わずにいましたが、越前に下る峠に立つと、思わず愛する貴方の名前を口に出してしまいました。

当時、名前には魂が宿っているとされ、口に出して言うと、その人から魂が離れてしまうと信じられていたんだ。そのため、他人の名前を口に出して言うのはＮＧ行為。まして、峠には神が宿っていて、時に交通を妨害する意地悪な神と信じられていた。

だから、ここで妻の名を告げたりすると、祟りを受ける可能性が高かった。

宅守は、そんなことはわかっているけど、いざ峠を越える段になって、二度と戻ることもかなわないかもしれない都、二度と逢うことができないかもしれない妻を想い、禁忌《きんき》を破って思わず、妻の名前を呼んでしまったんだね。

越前に着いた宅守は、弟上娘子を想う歌を十四首贈っている。「二度と逢えないなら、この命など惜しくもない」と歌っているものもある。

死すらも覚悟し、悲しみにくれる宅守に対して、弟上娘子からの歌は、心に沁みるものがある。

命あらば　逢《あ》ふこともあらむ　我《わ》が故《ゆゑ》に　はだな思《おも》ひそ　命だに経《へ》ば（15-三七四五）

訳：命があったら、またお逢いできるでしょう。私ゆえに、ひどく想い悩んでくださいますな。今はただ生きていさえすれば。

本当は弟上娘子だって、心が張り裂けそうなくらい悲しかったはず。

でも、「命さえあればいつか必ず再び逢える日がくると信じて、自分のためになんて悩まないで……」、と優しい歌を贈ったんだね。

情熱的な歌を詠んだかと思えば、意外に冷静な歌も詠む。弟上娘子という女性は懐《ふところ》が深いなぁ。

そう言いつつも、「早く帰ってきてー」「貴方を想って泣いてばかりいます」という単純な歌もたくさん詠んでいるし、「この世で私ほど夫を愛している人はいませんよ」とのろけてたりするところも、またかわいいんだ。

✿「こんなに苦しいなら、出逢わないほうがよかった」

さて、宅守が流されてから約二年経った七四〇（天平十二）年の夏、大赦《たいしゃ》が出された時も宅守は赦《ゆる》されず、都に帰ってこられなかった。

今の時代と違って、スマホもネットもなく、いや手紙すらも容易に届かない時代に離れ離れになって二年以上……。

それでも二人の気持ちは変わらず、情熱に溢れた歌を交わし合っていた。

二人はひたすらに「逢いたい、逢いたい」と心の底から叫ぶような歌を贈り合う。

昼は物思いで過ごし、夜は泣いて過ごす……一日たりとも想わない日はない……形見がなければきっと死んでいただろう……ああ、こんなに苦しいなら出逢わないほうがよかった……いっそ死んでしまいたい……と歌は続く。

次の歌は、そのうちの一首だ。

我《わ》が背子《せこ》が　帰り来《き》まさむ　時のため　命《いのち》残さむ　忘れたまふな（15-三七七四）

訳：貴方が帰ってこられる時のために命を残しておきましょう。忘れないでくださいね。

でも、そんな二人のやり取りも宅守の歌（独詠）が七首記された後、『万葉集』から姿を消している。

記録によれば、七四一（天平十三）年に宅守は越前から帰京し、その後従五位下《じゅごいのげ》にまで出世したものの、七六四（天平宝字八）年に起きた「藤原仲麻呂《なかまろ》（恵美押勝《えみのおしかつ》とも）の乱」（孝謙《こうけん》上皇に重用される僧・道鏡《どうきょう》を除こうと、太政大臣にまで上り詰めた藤原仲麻呂が反乱を起こし挙兵したが、鎮圧された）に連座して官位をはく奪されたとある。こうしてみると、中臣宅守の人生は波瀾万丈だ。

さて、気になるのはその後、宅守と弟上娘子とが再び結ばれたのかどうかだけど、『万葉集』にはその記録が残っていない。

二人の歌のやり取りは、『万葉集』の編纂者であるボクが再構成したんだけど、こここでは二人の最後がどうだったかを知るよりも、「ドラマチックな悲劇の愛の物語」に浸《ひた》るということで……。

「海や死にする　山や死にする」——無常を噛みしめる歌

シンガーソングライターのさだまさし氏に、**「防人の詩《うた》」**という名曲がある。一度、歌詞をじっくり読んでみてほしい。

この歌は映画『二百三高地』の主題歌で、シングル売上は六十五万枚のヒットを記録したものだ。紅白歌合戦でも歌われたことがあるし、さだまさし氏の代表曲のうちの一曲だから、知っている人も多いと思う。

実は、この歌の原案は『万葉集』中の詠み人知らずの歌にあるんだ。

いさなとり　海や死にする　山や死にする

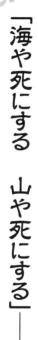

死ぬれこそ　海は潮干《しほひ》て　山は枯れすれ（16‐三八五二）

訳：（いさなとり）海は死にますか？　山は死にますか？　死にます、死ぬからこそ、海は潮が引き、山は枯れるのです。

「いさな」というのは「クジラ（鯨）」のことで、「いさなとり」は「クジラを捕る」という意となって、「海」の枕詞になっている。

「いさな」という呼び名は「イサ（勇）ましい」と、昔は魚のことを「ナ」と呼んでいたのを組み合わせて、「イサ（ましい）＋（さか）ナ＝イサナ」となったと言われている。

✿「人の世のはかなさ」と「海山の永遠なる命」

「海や死にする　山や死にする」の箇所だけど、「や」という係助詞には、①疑問②反語の意があって、ここではどちらかというと反語の意のほうが強いと思うんだ。

つまり、「海は死にますか、いや、死なないでしょう。山は死にますか、いや、死なないでしょう」という意だね。
人の世の無常迅速に対して、海や山が持っている永遠なる命を対比させたかったんじゃないかな。

この歌は、五七七、五七七の六句から成る**「旋頭歌」**と言われる歌体で、『万葉集』の中に全部で六十二首ある。
旋頭歌は本来、五七七の片歌《かたうた》を二人で唱和したり問答したりしたことから発生したと考えられている。

この歌においても、一人が「海は死にますか？　山は死にますか？　きっと死なないでしょう」と問いかけたのに対して、もう一人が「いいえ死にます、死ぬからこそ、海は潮が引き、山は枯れるのです」と答えた形を取っているんだ。

生き死にの「苦」から逃れて浄土へ行きたい！

実はこの歌の直前に、「世間《よのなか》の無常を厭《いと》ふ歌二首」として、人の世の生きづらさや死の苦しみ、死後に行く世界への不安や、彼岸《ひがん》浄土への往生《おうじょう》を願う歌が詠まれている。

飛鳥寺・薬師寺・大官大寺《だいかんだいじ》などとともに「飛鳥四大寺」に数えられたともいわれる川原寺《かわらでら》の仏堂の中の和琴《わごん》の面に書き付けてあったという、その歌の一首を紹介しよう。

生死《いきしに》の　二つの海を　厭《いと》はしみ　潮干《しほひ》の山を　偲《しの》ひつるかも（16-三八四九）

訳：生き死にの二つの海が厭わしいので、涅《ね》槃《はん》の山を想い願ったことだ。

ここで言う「二つの海」とは、人の世の生死の苦しみを喩えたもので、そこから解き放たれて「潮干の山（＝彼岸浄土）」に行きたいと願ったんだ。

万葉の時代、今と違って庶民の生活は苦しく、現世を生きるも死ぬも「苦」であり、彼岸浄土への往生を願う気持ちは、今より強かったのかもしれないね。

そして、「人だけでなく海や山だって死ぬし、永遠不変の存在などないよ」と答えたのが前の歌というわけだ。

「天下無敵の力士」の生死を賭けた勝負

『日本書紀』に相撲《すもう》について書かれた記録がある。
四世紀前半、百四十歳を超えて崩御したと伝えられる伝説の第11代垂仁《すいにん》天皇の御代、大和国の當麻邑《たいまむら》（今の奈良県葛城市《かつらぎし》）に當麻蹶速《たいまのけはや》という天下無敵の力士がいた。彼は常々、自分と同じような強者《つわもの》と生死を賭けた勝負をしてみたいと周りに言いふらしていた。

これを伝え聞いた垂仁天皇は、天狗《てんぐ》になっている當麻蹶速を懲《こ》らしめてやるために彼に負けない勇猛な力士を探した。すると、出雲国《いずものくに》に野見宿禰《のみのすくね》という勇士がいることを知り、さっそくこの人を召し寄せて二人を戦わせたんだ。これが**天覧相撲の起源**と言われているものだ。

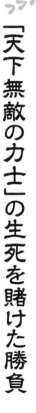

さて勝負は、というと、それぞれが足を上げて蹴り合った（今だとルール違反だね）後に、野見宿禰が當麻蹶速の肋骨《ろっこつ》を踏み折って殺してしまった（ちょっと残酷だね）。そのご褒美として、垂仁天皇は當麻蹶速の土地を没収して野見宿禰に与えるとともに、彼は朝廷に仕えることになったんだ。

「力士を徴用する役人の従者」の死を悼む山上憶良の歌とは!?

その後、相撲自体は宮中で行なわれていたが、公式行事としては聖武天皇の時代、七三四（天平六）年七月七日に**相撲節会**《すまいのせちえ》という豊作を祈る行事が宮中で行なわれ、これは平安時代末の源平争乱で廃絶になるまで続けられたんだ。

ちなみに、二人が天覧相撲を取った地と伝えられる奈良県桜井市の穴師坐《あなしにいます》兵主《ひょうず》神社の近くにある相撲神社において、一九六二（昭和三十七）年、日本相撲協会の時津《ときつ》風《かぜ》理事長（元横綱双葉山《ふたばやま》）を祭主として、当時の二横綱（大鵬《たいほう》・柏戸《かしわど》）、五大関（琴《こと》ケ濵《はま》・北葉山《きたばやま》・栃《とち》ノ海《うみ》・佐田《さだ》の山《やま》・栃光《とちひかり》）をはじめ、幕内全力士が参列した中で、顕彰大祭が行なわれている。
『万葉集』には、実際に相撲を取る歌や、力士による歌は載っていないが、毎年七月七日に行なわれる相撲節会のために、全国から力士を選別、徴用する役目を負った役人である相撲使《すまいのつかい》の従者が、わずか十八歳の若さで病に倒れて亡くなったことを悼み、山上憶良《やまのうえのおくら》が本人になり代わって詠んだ歌が伝えられている。

出《い》でて行《ゆ》きし　日を数《かぞ》へつつ　今日今日《けふけふ》と　我《あ》を待たすらむ　父母らはも（5・八九〇）

訳：私が出発して行った日をもう何日経ったかと指折り数えて、今日こそはと私の帰りを待っておられるであろう父上母上は、ああ。

「素朴で生き生き!」が魅力の東歌

『万葉集』巻第十四に集められているのが、**「東歌」**と呼ばれる古代東国の歌だ。

ボクが収録した「東歌」は、奈良の都から見て東の方角、具体的には今の静岡県西部にあたる遠江国《とおとうみのくに》以東から、『古事記』で東北地方を表わす「道奥《みちのおく》」と呼ばれた陸奥国《むつのくに》に至るまで、計十二カ国の九十首と、国の不明な百四十首だ。

歌はすべて短歌形式だけど、作者名は不明、いわゆる**「詠み人知らず」**と呼ばれるものだ。

中心となっているのは、民衆が労働や儀礼の場で詠んだり歌ったりしてきた民謡、歌謡など地域密着型のもの。歌調は素朴で生き生きとしたものが多く、内容は「相聞歌」が多い。

『万葉集』にはこんな遠国（太字の国）の歌も！

✿「あの娘のためなら、えーんやこーら！」

中でも有名な歌は次のものだろう。

多摩《たま》川《がは》に　さらす手《て》作《づく》り　さらさらに　なにそこの児《こ》の　ここだかなしき（14-三三七三）

訳：多摩川にさらす手作りの布がさらさらなように、どうしてこの娘はこうもいとしいのだろうか。

布を白くするために必要な「さらし作業」という肉体労働をしながらも、「いとしいあの娘のために、よっしゃ、もう一丁がんばるか！」という明るく元気な歌声が響き渡る景色が、眼前に浮かんでくるようだね。

口に出して詠じてみるとわかるように、同音を重ねた快調な歌だ。上二句は「さら」を導き出している序詞だけど、布のさらさらした触感と、さらし作業のリズム感とのシンクロが心地良いね。

でも、解釈のしようによっては、「さらさら」は「布がさらさらする」「水でさらさら洗う」「川がさらさら流れる」と掛詞のように取ることもできる。しかも、「さらさらに」の後半の「さらに（ますます）」という意味も加えていると取れるあたり、意外に奥が深い。

ちなみに、「この児」は女性を指すのか子供を指すのか、諸説はあるものの、「この」というのは自分の手で抱きしめている感じを表わしているので、いずれにせよ「愛しき者」のためにがんばるぞー！　ということに変わりはないよね。

✿「大好きな人が踏んだ石なら、私には宝石！」

もう一首、東歌の中で有名なものを紹介しよう。

信濃《しなぬ》なる　千曲《ちぐま》の川の　小石《さざれし》も　君し踏《ふ》みてば　玉と拾《ひり》はむ（14-三四〇〇）

訳：信濃《しなの》を流れる千曲《ちくま》の川の小石でも、いとしいあなたが踏んだ石ならば玉として拾いましょう。

この歌を「わかる、わかる!!」と思いながら読んだ人は、片想いをしたことがある人かもしれないね。

大好きなあの人が踏んだものなら、たとえそれが他の人にとってまったく価値のな

い小石であっても自分にとっては宝石（玉）……それをいとおしむように拾い上げる乙女……なんて純情可憐なんだろう。

ここで詠まれている「千曲川」は、新潟県域では「信濃川」と呼ばれているんだけど、上流にあたる長野県にさかのぼると「千曲川」と呼称が変わるんだ。その美しいたたずまいは、近代文学では、島崎藤村《とうそん》の「千曲川旅情の歌」で広く知られているし、一九七五（昭和五十）年の第17回日本レコード大賞で最優秀歌唱賞を受賞した、五木ひろしの名曲「千曲川」（作詞：山口洋子／作曲：猪俣公章）なども有名だね。

防人歌――「行く男」と「待つ女」の胸打つ言葉

ボクがまだ三十代後半の頃に、仕事上で**「防人」**との出会いがあったんだ。

「防人」というのは、中国（唐）や朝鮮半島（新羅《しらぎ》）からの日本侵攻に対して、北九州や対馬《つしま》・壱岐《いき》の沿岸防備のために派兵された国境警備兵のことだ。

ボクは当時、東国の各地から防人を徴用する任にあたっていたんだけど、彼らが妻や恋人、父母を想う歌をたくさん詠んでいて、それらがあまりに胸打つものが多かったので、積極的にその歌を収集することにした。

特に、巻第二十には、防人歌をずらりと並べておいた。その中から、秀歌というにはちょっとストレートすぎるかもしれないけど、まずこの一首を紹介しよう。

立《た》ち鴨《こも》の　発《た》ちの騒《さわ》きに　相見《あひみ》てし　妹《いも》が心は　忘れせぬかも（20‐四三五四）

訳：（立ち鴨の）出発する騒ぎのさなかに、共寝をした妻の優しい気持ちは忘れられない。

防人として徴用されることが決まってその準備で忙しいさなか、愛する妻と共寝することができた、その嬉しさを詠んだ歌だ。

防人の任期は三年……とは言うものの生きて帰れるかどうかわからず、延長もありうる。

妻とのチョメチョメは、これで最後かもしれないと思うものの、出発の準備もあるし……さてどうしようと思っていたら、妻が優しく「今日、共寝をしましょうね」と言ってくれた。これは男としては最高に嬉しいプレゼントだね。

防人としての出発の慌《あわただ》しさは、次の歌からも知ることができる。

水鳥《みづとり》の　発《た》ちの急《いそ》ぎに　父母《ちちはは》に　物言《ものは》ず来《け》にて　今ぞ悔《くや》しき（20‐四三三七）

訳：（水鳥の）出発するどさくさにまぎれてしまい、父母に別れを告げずに来てしまって、今となっては悔しい。

「水鳥の」は枕詞だけど、群がる水鳥があわてて飛び立つ時の羽音の騒がしさが、防人の旅立ちの慌しさをよく表わしているね。

任期は三年――「男の心配」は洋の東西を問わない？

上代においては、夢などに異性が現われた場合、「相手が自分のことを想っているから、夢に現われた」と考えたんだ。

今だと、「自分が想っているから、あの人が夢に現われた」と思う人が多いんじゃないかな？　そう、今と古代とでは逆の考えなんだ。

我《わ》が妻《つま》は　いたく恋《こ》ひらし　飲《の》む水《みづ》に　影《かご》さへ見えて　よに忘られず（20-四三二二）

訳：私の妻は、とても私のことを恋しがっているようだ。飲む水に影まで見えていて、決して妻のことが忘れられない。

この歌でも、飲もうとしている水に妻の姿が映ったので、「ああ、妻は今、自分のことを恋しがっているんだなぁ」と男は想い、故郷の妻のことを恋しく思い出す。そんな時、次のような歌を妻が詠んでくれたなら、さぞかし嬉しかったろう。

我《わ》が背《せ》なを　筑紫《つくし》へ遣《や》りて　愛《うつく》しみ　帯《おび》は解《と》かなな　あやにかも寝《ね》も（20‐四四二二）

訳：私の夫を防人として筑紫へ旅立たせて、いとおしさに私は帯を解かずに夫のことを案じながら寝ようか。

夫を防人として筑紫に送り出した後、夫のことを想って貞節を守り、独り寝をしますと誓っている歌だ。夫としてはホッと一安心というところだね。中世ヨーロッパでは、十字軍遠征の際に「貞操帯《ていそうたい》」という鍵の付いた鉄製の器具を使ったらしいけど、男性の心配は洋の東西を問わず同じ、というところ。

それにしても任期三年というのは長い。しかも帰る時は付き添いもなく自力で、という厳しい条件だ。北九州から東北への帰郷の旅の途中、命を落とした人も多かったという……。合掌。

家持、防人を想って長歌を歌い上げる

ボク、大伴家持《やかもち》は、東国から徴用した防人を筑紫に送り出すために、大阪湾の港である難波津《なにわづ》（今の大阪市中央区付近）に滞在したことがあった。

そこで防人の護送官たちに命じて、防人たちが詠んだ歌を提出させ、それを必死で書き留めていったんだ。

防人たちの詠んだ歌を浴びるように味わいながら、ボクは猛烈に感動した。そして涙した。だから、ボク自身も防人を題材に、長歌三首を作ったんだ。

大君の　遠《とほ》の朝廷《みかど》と　しらぬひ　筑紫《つくし》の国は　敵守《あたまも》る　おさへの城《き》そと　聞《き》こし食《を》

す　四方《よも》の国には　人《ひと》さはに　満ちてはあれど　鶏《とり》が鳴く　東男《あづまをのこ》は　出《い》で向かひ
顧《かへり》みせずて　勇《いさ》みたる　猛《たけ》き軍士《いくさ》と　ねぎたまひ　任《ま》けのまにまに　たらちねの
母《はは》が目離《か》れて　若草の　妻をもまかず　あらたまの　月日数《よ》みつつ　葦《あし》が散る
難波《なには》の三津《みつ》に　大船《おほぶね》に　ま櫂《かい》しじ貫《ぬ》き　朝なぎに　水手《かこ》整《ととの》へ　夕潮《ゆふしほ》に　梶《かぢ》引き折
り　率《あども》ひて　漕《こ》ぎ行《ゆ》く君は　波の間《ま》を　い行《ゆ》きさぐくみ　ま幸《さき》くも　早く至りて
大君《おほきみ》の　命《みこと》のまにま　ますらをの　心を持ちて　あり巡《めぐ》り　事し終《を》はらば　障《つつ》ま
はず　帰り来《き》ませと　斎瓮《いはひへ》を　床辺《とこへ》に据《す》ゑて　白たへの　袖《そで》折り返し　ぬばたま
の　黒髪敷きて　長き日《け》を　待ちかも恋《こ》ひむ　愛《は》しき妻らは　（20-四三三一）

大意：東国の男子は、敵に向かって己を顧みず、勇猛なる兵士であると褒められ、大君の仰《おお》せのままに母とも別れ、愛する妻とも別れ、遠い難波津にやってきた。そして船を漕いで筑紫に向かい、防人としての務めを果たす。無事に務めが終わったら元気に帰ってきてください、といとしい妻たちが願い、待ち恋い慕うであろうか。

この長歌一首目は、防人を徴用する官人としてのボクの立場から詠んだもので、大君（天皇）への忠誠心と防人への鼓舞が中心になってしまった。……反省している。

そこで、二首目、さらに三首目と、防人たちに寄り添って、その心情を歌い込むことにした。

次の三首目は、「防人が悲別《ひべつ》の情《こころ》を陳《の》ぶる歌一首」と題して詠んだボクなりの絶唱歌だ。

大君《おほきみ》の　任《ま》けのまにまに　島守《しまもり》に　我《わ》が立ち来《く》れば　ははそ葉《ば》の　母《はは》の命《みこと》は　み裳《も》の裾《すそ》　摘《つ》み上《あ》げかき撫《な》で　ちちの実《み》の　父《ちち》の命《みこと》は　たくづのの　白《しら》ひげの上《うへ》ゆ　涙《なみだ》垂《た》り　嘆きのたばく　鹿子《かこ》じもの　ただひとりして　朝戸出《あさとで》の　かなしき我《あ》が子　あらたまの　年の緒《を》長く　相見《あひみ》ずは　恋《こひ》しくあるべし　今日《けふ》だにも　言問《ことど》ひせむと　惜《を》しみつつ　悲しびませば　若草の　妻《つま》も子どもも　をちこちに　さはに囲《かく》み居《ゐ》　春鳥《はるとり》の　声《こゑ》の吟《さまよ》ひ　白たへの　袖《そで》泣き濡《ぬ》らし　携《たづさ》はり　別れかてにと　引き留《とど》め　慕《した》ひしものを　大君の　命恐《みことかしこ》み　玉桙《たまほこ》の　道に出《い》で立ち　岡《をか》の岬《さき》　い廻《た》むるごとに　万度《よろづたび》　顧《かへり》みしつつ　はろはろに　別れし来《く》れば　思《おも》ふそら　安くもあらず　恋《こ》ふるそら　苦しきものを　うつせみの　世の人なれば　たまきはる　命《いのち》も知らず　海原《うなはら》

の恐《かしこ》き道を　島伝《しまづた》ひ　い漕《こ》ぎ渡りて　あり巡《めぐ》り　我《わ》が来《く》るまでに　平《たひら》けく　親《おや》はいまさね　つつみなく　妻は待たせと　住吉《すみのえ》の　我《あ》が皇神《すめかみ》に　幣《ぬさ》奉《まつ》り　祈り申《まう》して　難波《なには》津《つ》に　船を浮け据《す》ゑ　八十《やそ》梶貫《かぬ》き　水手《かこ》整《ととの》へて　朝開《あさびら》き　我《わ》は漕《こ》ぎ出《で》ぬと　家《いへ》に告げこそ（20‐四四〇八）

大意：大君の仰せのままに防人になるため旅立った時、母は私を撫《な》で、父は涙を流し、惜別の情を語り合った。いとしい妻と子も私に群がって涙を流して嘆き、引き留めてくれたけれど、旅立つしかなかった。私は後ろ髪引かれる想いで何度も後ろを振り返り、やっと別れてきたものの、家族を恋い慕う心はただ苦しいばかり。防人としての務めを果たして帰るまで、父母や妻子たちは変わらず無事でいてほしいと神に祈り、私は難波津から筑紫へと船を漕ぎ出して行ったと家に告げてほしい。

この三首目の長歌は、一首目と同様に天皇への忠誠心を表わすために「大王の　任けのまにまに」と始まっているけど、それは建前にすぎない。ボクはあくまで防人の立場に身を置いて、父母との離別の哀しみを歌い、妻子と引き裂かれる理不尽を嘆き、父母や妻子を想う気持ちで溢れている歌を詠んだんだ。

こうした歌の時では、枕詞は予想以上の効果をもたらす。

（ははそ葉の）↓母
（ちちの実の）↓父
（あらたまの）↓年
（若草の）↓妻
（たまきはる）↓命

ただの「母」「父」よりも、「ははそ葉の　母」「ちちの実の　父」と同音を繰り返すことで、想いの強さが感じられないだろうか。いや、「ほとばしり出る想い」すら感じてほしいと思うんだ。

今の世の中、枕詞を使うことなんて、（当然）なくなっているようだけど、もう一度枕詞を使う習慣を取り戻してみてはいかが？　と勧めたくなるのはボクの勝手な願いかな。

付録

知ればもっとおもしろい！『万葉集』ガイド

『万葉集』年表・『万葉集』の天皇一覧・万葉地図

万葉集年表

歴史年表

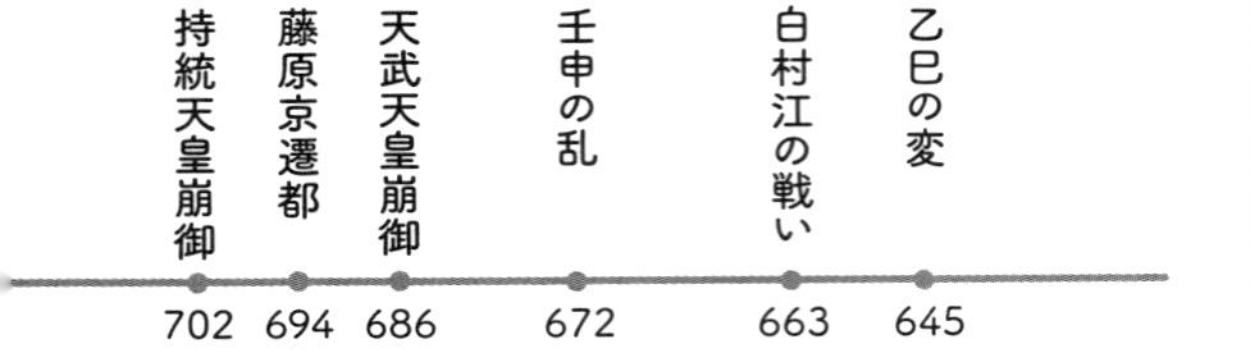

人物年表

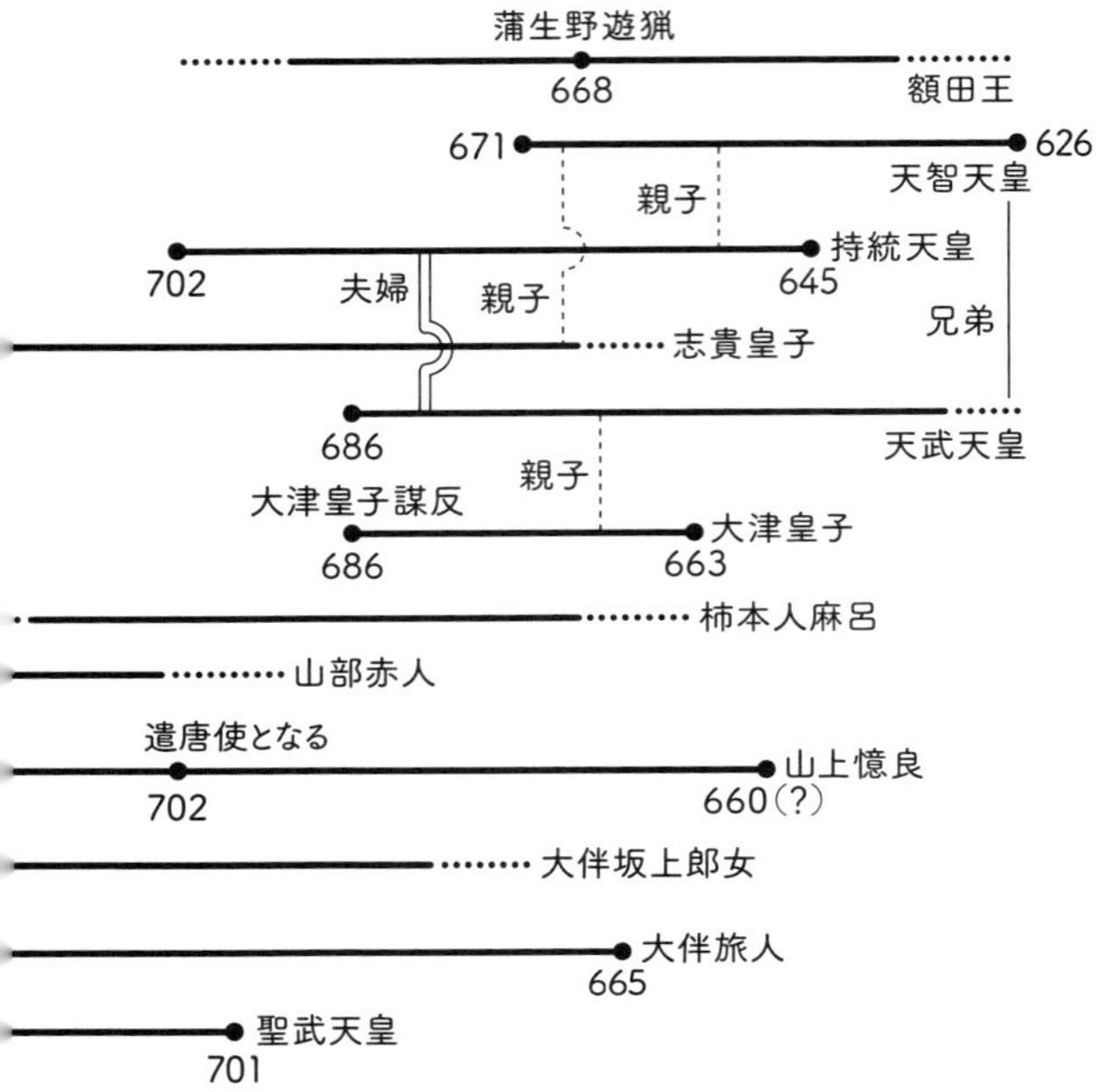

※年号はすべて太陽暦

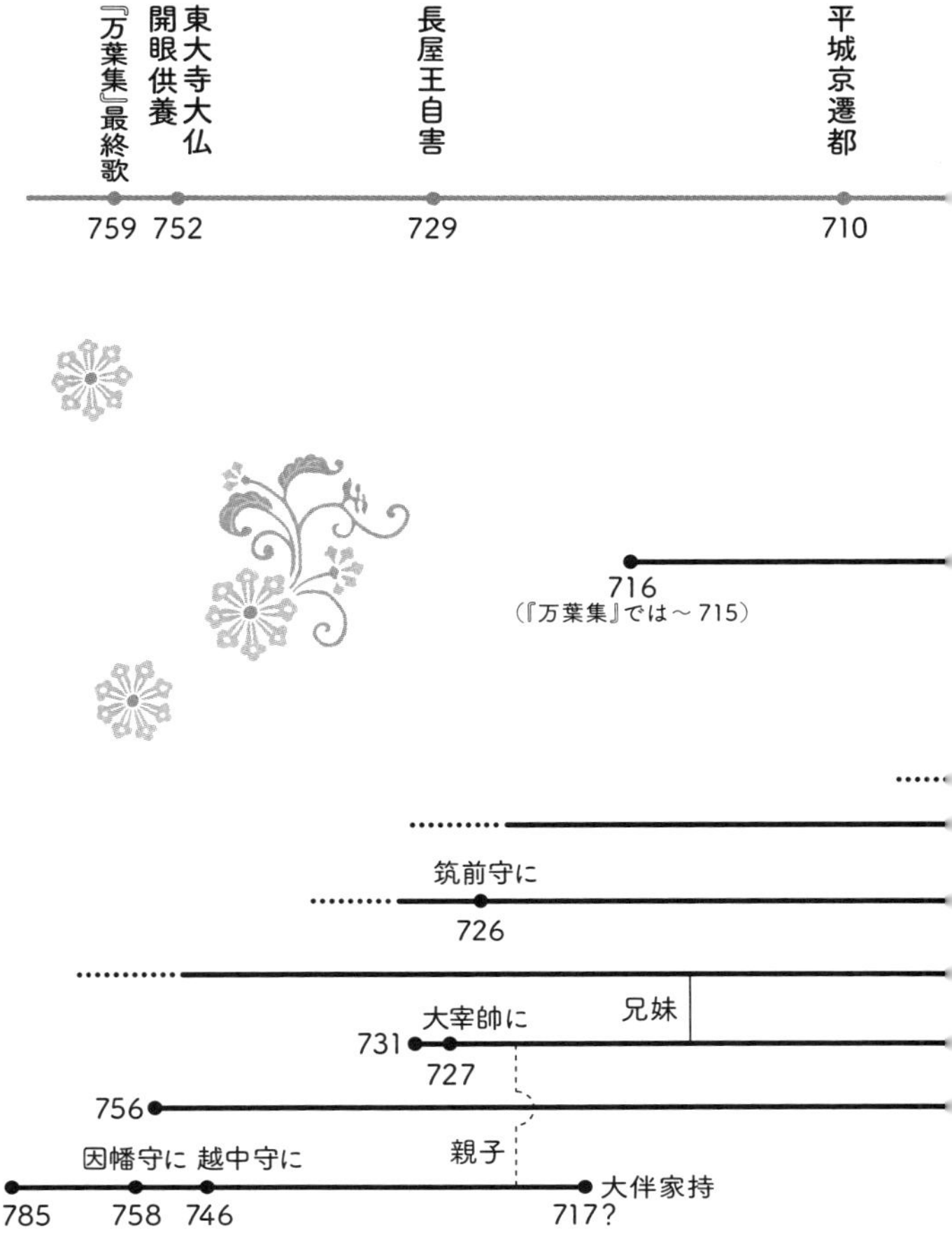
平城京遷都
710
長屋王自害
729
東大寺大仏開眼供養
752
『万葉集』最終歌
759
716
（『万葉集』では～715）
筑前守に
726
兄妹
大宰帥に
731
727
756
親子
大伴家持
717?
越中守に
746
因幡守に
758
785

万葉集の天皇一覧

（太字は本書に登場する天皇
「第〇期」は16～17ページ参照）

	16代	**仁徳天皇**	**にんとく**	313－399年	
	17代	**履中天皇**	**りちゅう**	400－405年	
	18代	**反正天皇**	**はんぜい**	406－410年	
	19代	**允恭天皇**	**いんぎょう**	412－453年	
	20代	安康天皇	あんこう	453－456年	
	21代	**雄略天皇**	**ゆうりゃく**	456－479年	
	22代	清寧天皇	せいねい	480－484年	
	≀				
	32代	崇峻天皇	すしゅん	587－592年	
	33代	**推古天皇**	**すいこ**	592－628年	初の女性天皇
	34代	**舒明天皇**	**じょめい**	629－641年	第1回遣唐使を派遣
	35代	**皇極天皇**	**こうぎょく**	642－645年	645年 乙巳の変
	36代	**孝徳天皇**	**こうとく**	645－654年	
第一期	**37代**	**斉明天皇**	**さいめい**	655－661年	重祚（35代・皇極天皇）
	38代	**天智天皇**	**てんじ**	668－671年	中大兄皇子
	39代	**弘文天皇**	**こうぶん**	671－672年	672年 壬申の乱
第二期	**40代**	**天武天皇**	**てんむ**	673－686年	大海人皇子
	41代	**持統天皇**	**じとう**	690－697年	天武天皇の皇后
	42代	**文武天皇**	**もんむ**	697－707年	
	43代	**元明天皇**	**げんめい**	707－715年	平城京に遷都する
第三期	**44代**	**元正天皇**	**げんしょう**	715－724年	
	45代	**聖武天皇**	**しょうむ**	724－749年	筑紫歌壇が活躍
第四期	**46代**	**孝謙天皇**	**こうけん**	749－758年	
	47代	淳仁天皇	じゅんにん	758－764年	

万葉地図

美濃
尾張
若狭
琵琶湖
近江大津宮
天智
丹波
蒲生野
近江
山城
平城京
元明～桓武
摂津
伊賀
河内
耳成山
畝傍山
天の香具山
伊勢
藤原京
持統～元明
飛鳥浄御原宮
天武・持統
吉野山
紀伊
大和

【主な参考文献】

『日本古典文学全集2～5　萬葉集』小島憲之、木下正俊、佐竹昭広校注・訳、『新編　日本古典文学全集6～9　萬葉集』小島憲之、木下正俊、東野治之校注・訳（以上、小学館）／『新潮日本古典集成　新装版　萬葉集一～五』青木生子、井手至、伊藤博、清水克彦、橋本四郎校注、『誤読された万葉集』古橋信孝著（以上、新潮社）／『万葉集入門』鈴木日出男著、『古典を読む　万葉集』大岡信著（以上、岩波書店）／『柿本人麻呂　日本詩人選』中西進著（筑摩書房のち、講談社学術文庫）／『山上憶良』中西進著（河出書房新社）／『万葉の世界』中西進著（中公新書）／『万葉集　鑑賞日本古典文学第3巻』中西進編（角川書店）／『万葉の秀歌（上・下）』中西進著（講談社現代新書のち、ちくま学芸文庫）／『中西進の万葉みらい塾』中西進著（朝日新聞出版）／『NHK「100分de名著」ブックス万葉集』佐佐木幸綱著（NHK出版）／『新版　万葉集一　現代語訳付き』伊藤博訳注、『はじめて楽しむ万葉集』上野誠著、『万葉集　ビギナーズ・クラシックス　日本の古典』角川書店編（以上、KADOKAWA〈角川ソフィア文庫〉）／『万葉集一日一首』花井しおり編（致知出版社）／『ロマン・コミックス　人物日本の女性史3～6』藤田素子ほか著（世界文化社）／『万葉集―まんがで読破―』バラエティ・アートワークス著（イースト・プレス）

本書は、本文庫のために書き下ろされたものです。

眠《ねむ》れないほどおもしろい万葉集《まんようしゅう》

著者　板野博行（いたの・ひろゆき）
発行者　押鐘太陽
発行所　株式会社三笠書房
〒102-0072 東京都千代田区飯田橋3-3-1
電話　03-5226-5734（営業部） 03-5226-5731（編集部）
http://www.mikasashobo.co.jp
印刷　誠宏印刷
製本　ナショナル製本

 ISBN978-4-8379-6902-0 C0195

王様文庫

王様文庫

眠れないほどおもしろい百人一首

板野博行

百花繚乱！　心ときめく和歌の世界へようこそ！　恋の喜び・切なさ、四季折々の美に触れる感動、別れの哀しみ、人生の儚さ、世の無常……わずか三十一文字に込められた、日本人の〝今も昔も変わらぬ心〟。王朝のロマン溢れる、ドラマチックな名歌を堪能！

眠れないほどおもしろい源氏物語

板野博行

マンガ&人物ダイジェストで読む〝王朝ラブ・ストーリー〟！　この一冊で、『源氏物語』のあらすじがわかる！　光源氏、紫の上、六条御息所、朧月夜、明石の君、浮舟……きっとあなたも、千年の時を超えて共感する姫君や貴公子と出会えるはずです！

眠れないほど面白い空海の生涯

由良弥生

驚きと感動の物語！「空海の人生に、なぜこんなにも惹かれるのか」——。弘法大師の野望と愛欲、多彩な才能。仏教と密教。そして神と仏。高野山開創に込めた願い。知れば知るほどすごい、1200年前の巨人の日常が甦る！　壮大なスケールで描く超大作。

K30490